# Tara Lain

# UNE MARIÉE SUR MESURE

REAMSPUN DESIRES

PUBLISHED BY

REAMSPINNER
PRESS

Publié par
DREAMSPINNER PRESS

5032 CAPITAL CIRCLE SW, SUITE 2, PMB# 279, TALLAHASSEE, FL
32305-7886 USA
www.dreamspinnerpress.com

Une mariée sur mesure
Copyright de l'édition française © 2017 Dreamspinner Press.
Titre original : Taylor Maid
© 2016 Tara Lain.
Première édition : mars 2016
Traduit de l'anglais par Ingrid Lecouvez.

Illustration de la couverture :
© 2016 Paul Richmond.
http://www.paulrichmondstudio.com
Les éléments de la couverture ne sont utilisés qu'à des fins d'illustration
et toute personne qui y est représentée est un modèle

Édition e-book en français : 978-1-63533-942-0
Édition imprimée en français : 978-1-63533-941-3
Première édition française : juillet 2017
v 1.0

Édité aux Etats-Unis d'Amérique.

**TARA LAIN** écrit sur ce qu'elle appelle les Beaux Gosses de la Romance et met en vedette ses héros uniques et charismatiques dans des romans d'amour LGBT. Ses romans les plus vendus ont reçu les prix de Meilleure Série, Meilleur Roman contemporain, Meilleure Romance érotique, Meilleur Roman Ménage à trois, Meilleur Roman LGBT et Meilleurs Personnages gays. Tara a également été nommée Meilleur écrivain de l'année aux prix LRC. Les lecteurs qualifient souvent ses livres de 'doux' malgré les scènes de sexe torrides, parce que Tara croit en l'amour et que ses livres ont toujours des fins heureuses. Dans son autre métier, Tara dirige une agence de publicité et de relations publiques. Sa passion à trouver des titres de livres vient des années passées à chercher des slogans accrocheurs pour tout, allant d'instruments analytiques à des semi-conducteurs. Elle fait des ateliers à la fois pour aider les auteurs à se promouvoir et pour aider les écrivains amateurs à écrire. Elle vit avec son mari et son chien (qui est un peu jaloux de toutes ces photos de chat que Tara poste sur FB) à Laguna Niguel, en Californie, à proximité des villes balnéaires où elle situe l'action d'un grand nombre de ses livres. Passionnée par la diversité, la justice et les nouvelles expériences, Tara dit que sur sa pierre tombale il sera gravé 'Oui !'

E-mail : tara@taralain.com

Site Web : www.taralain.com

Blog : www.taralain.com/blog

Goodreads : www.goodreads.com/author/show/4541791.Tara_Lain

Pinterest : pinterest.com/taralain

Twitter : @taralain

Facebook : www.facebook.com/taralain

Barnes & Noble :

www.barnesandnoble.com/s/Tara-Lain?keyword=Tara+Lain&store=book

Pour Poppy, pour ta merveilleuse inspiration, pour me
laisser faire partie du planning,
pour toute ta collaboration et ton soutien,
merci pour tout ce que tu fais.

## *Prologue*

— **JE** m'excuse, *señor*. Je n'ai jamais vu ce garçon.

Elle tira son épaule de la poigne du grand homme et contourna son chariot d'étage pour mettre une certaine distance entre eux. Qui croyait être ce *pequeño pito* ?

— Vous êtes sûre ? Regardez encore. Il a peut-être changé sa couleur de cheveux.

Il poussa la photographie de l'homme magnifique devant son visage.

— Je ne suis pas près d'oublier quelqu'un de si beau. Je ne l'ai jamais vu.

Le grand homme au nez abîmé regarda la photo comme s'il était tout à fait d'accord avec sa description.

— Si vous le voyez, informez immédiatement votre supérieur, d'accord ?

— Entendu. Bien sûr.

*Sur mon cadavre.*

— Il y a une récompense, ajouta-t-il.

Elle fronça les sourcils.

— A-t-il fait quelque chose de mal ?

— Pas exactement. Il s'est enfui de chez lui. Il pourrait être en danger.

Le grand *lelo* placarda un sourire sur son visage comme s'il essayait de la convaincre de quelque chose d'important.

*Ouais, je vais juste parier qu'il s'est enfui de toi, connard.*

— Je m'assurerai de le signaler tout de suite si je le vois.

Elle imita son sourire de façade.

— J'aimerais bien avoir cette récompense.

— Très bien. Merci.

Il se dépêcha dans le couloir et monta dans l'ascenseur, s'en allant probablement parler au personnel de la réception.

Elle fit quelques mouvements d'épaules pour faire disparaître la sensation de la main de l'homme sur elle.

— *¡Chingate !* [1]

— Quelle humeur !

Elle regarda par-dessus son épaule et sourit à Ally, sa stagiaire, qui arrivait dans le couloir en sautillant.

— *Hola,* ma petite. *¿Cómo estás?*

— Bien, ma belle Conchita, femme de chambre.

Elle chanta les paroles comme la vieille chanson des Beatles et dansa avec le balai qu'elle venait d'attraper à l'arrière du chariot, sa queue de cheval rousse s'agitant. Conchita rit. Grande, mince, et mignonne comme un chiot derrière les grandes lunettes qu'elle portait, Ally arrivait toujours à la faire sourire.

---

1 Espagnol, *va te faire foutre !*

La jeune fille plongea la serpillière dans une profonde révérence en arrière, puis la remit sur le chariot.

— Que s'est-il passé ? Je ne t'entends pas souvent jurer contre les clients.

— Sauf quand ils laissent leurs préservatifs par terre.

— Ah oui, l'amour en fleur. Partout sur nos tapis.

Elle virevolta à nouveau. Ally était rarement immobile.

— Quoi qu'il en soit, ce *mamahuevo* n'est pas un client. Juste un paquet de muscles que quelqu'un a embauché, je parie. Il cherche un gamin qui s'est enfui de chez lui. Un beau garçon. Des cheveux noirs et des yeux de la couleur de l'océan.

Ses grands yeux bruns s'écarquillèrent.

— Oh, vraiment ?

— Oui. Il a dit qu'il y avait une récompense.

— Oh.

— Mais jamais ce *pendejo* ne pourra m'acheter pour me faire parler.

Ally regarda le couloir.

— Je parierais que d'autres n'auront pas les mêmes scrupules.

Pour une fois, elle ne sourit pas.

## *Chapitre Un*

**TAYLOR** introduisit sa clé dans la serrure. Alors qu'il ouvrait la porte qui donnait dans le vestibule, le majordome de la famille arriva en courant, ajustant sa cravate.

— Monsieur Taylor, je suis tellement désolé, je ne vous ai pas entendu.

Taylor leva une main et ferma la porte derrière lui.

— Pas de problème, Charles. Je me suis permis d'entrer.

Il sourit en baissant la tête vers le petit homme. Mais, bien sûr, il devait baisser la tête avec la plupart des gens puisqu'il atteignait le mètre quatre-vingt-dix.

— Votre père est toujours dans son cabinet, monsieur.

— C'est bon. Je suis juste venu chercher mes clubs de golf. Je les ai laissés ici après le dernier événement de charité. Des amis m'emmènent faire un golf demain.

Charles sourit.

— Pour votre anniversaire, monsieur ?

— Oui. Pensais-tu que tu me verrais vivre jusqu'à vingt-cinq ans ?

— J'ai eu des moments de doute.

— J'ai certainement fait de mon mieux pour mettre fin à mes jours avec les chevaux et des voitures, n'est-ce pas ?

— En effet, monsieur. Je crois que la presse a qualifié cela de 'polo extrême'. Mais vous semblez avoir trouvé votre voie avec les centres de jeunesse. Je suis très fier de vous.

Taylor posa une main sur l'épaule de Charles. Il lui semblait encore plus frêle qu'un an plus tôt. Il faisait partie de la famille depuis si longtemps qu'il était difficile de remarquer les changements.

— Merci. J'aimerais que tu ne sois pas le seul ici à penser que c'est quelque chose dont on peut être fier.

Charles inclina la tête. Deux décennies passées avec Laughton Fitzgerald avaient développé une énorme loyauté – sinon une énorme affection. Mais Laughton n'était pas un homme des plus faciles à aimer.

— Il est fier de vous, à sa manière.

— Je vais te croire sur parole, Charles.

Il se dirigea vers le double escalier qui menait à l'étage, de chaque côté du vestibule.

— Puis-je vous aider avec les clubs, monsieur ?

Il secoua la tête en commençant à monter.

— Ce n'est pas nécessaire. Je vais juste les récupérer dans mes appartements.

Bien que Taylor ait vécu loin de chez lui pendant des années, d'abord à l'université, puis dans son propre chez lui, ses quartiers ressemblaient toujours à ce qu'ils étaient quand il avait dix-huit ans. Son père ne voulait sans doute pas se mêler des affaires de son fils, alors il fermait les pièces et prétendait qu'elles n'existaient pas. Les tapis épais en laine du couloir étaient un régal pour les pieds, comme ils l'avaient été depuis qu'il était gamin. Il ouvrit la porte de son salon. La pièce sentait le renfermé à cause du manque d'aération. Peut-être était-ce l'odeur de tous les mensonges qu'il avait proférés alors qu'il collectait les trophées sportifs qui décoraient le manteau de la cheminée. Mais il avait certainement compensé sa dissimulation depuis qu'il était finalement sorti du placard à dix-huit ans. Son père insistait sur le fait qu'il y avait peut-être des microbes sur la lune qui ne savaient pas que Taylor Fitzgerald était gay. Mais ils étaient bien les seuls.

Il traversa la pièce jusqu'au placard de rangement du salon où il conservait des vêtements un peu usés et ses équipements de sport, et ouvrit les doubles portes. *Hmm. Rien.* Qu'avait-il bien pu en faire ? Il était certain de les avoir laissés là quand il avait joué au golf lors du tournoi d'entreprise le mois dernier. Il avait un autre jeu de clubs, mais il aimait ceux-là.

D'accord, alors peut-être que Laughton les avait utilisés. Il avait espéré éviter son père lors de son passage éclair à la maison, mais diable, il était là. Il pouvait aussi bien demander.

Il dévala le grand escalier au petit trot, dépassa l'entrée de l'immense pièce à vivre, et emprunta le couloir qui menait au bureau de son père. Il l'appelait son cabinet d'étude, même s'il 'étudiait' très peu. À côté, dans la salle à manger, Taylor entendait des cliquetis, ce qui suggérait que le personnel était en train de préparer un repas pour un tas de personnes. C'était logique. Un vendredi après-midi, à quatre heures. Laughton était voué à se préparer à divertir des politiques et des juges qu'il voulait influencer. Taylor hésita. S'il demandait à son père pour ses clubs, serait-il coincé pour dîner ? Ce n'était pas la façon dont il voulait passer la veille de son anniversaire. Un repas avec des amis, une virée rapide dans un club, une bonne fellation de classe mondiale lui semblaient une possibilité bien plus attirante.

*Bon, eh bien, finis-en vite.*

Il marcha jusqu'à la porte du bureau et entendit la voix de Laughton en s'approchant.

— Oui, Burt, je pense qu'il n'y a pas de risque à y aller et à planifier la distribution de ces fonds, tu ne crois pas ?

Il éclata de son rire le plus désagréable, ce qui signifiait généralement que quelqu'un était sur le point de se faire baiser.

— Il est peu probable qu'il remplisse cette partie du contrat d'ici demain, n'est-ce pas ?

Taylor s'arrêta et s'appuya contre le mur. Laughton n'aimait pas qu'il l'écoute parler de ses affaires. Il disait que l'éthique au grand cœur de Taylor le mettait mal à l'aise. Taylor regarda sa montre. *Donne-lui quelques minutes pour finir.* Il sourit. Oui, 'finir' était en tête de son programme de la nuit, et cela n'avait rien à voir avec son père.

— Non, je n'ai techniquement jamais caché les détails à Taylor.

*Quoi ?* Il fut soudain à l'affût.

— Simplement, la suspicion n'est pas vraiment dans son caractère, alors la petite technicité associée au legs n'a jamais été soulevée. Ce n'est pas ma faute s'il n'a jamais lu les petits caractères.

Encore ce rire.

Eh bien, ma foi. Il pouvait débarquer dans le bureau et demander ce qui se passait, mais – prudence est mère de sûreté, blablabla. Pressant son oreille plus près de la porte, il regarda dans le couloir pour s'assurer que Charles n'était pas à proximité. Le vieil homme aimait Taylor, mais il ne se dresserait jamais pour lui s'il le surprenait à espionner Laughton.

— D'accord, nous devons retourner cet argent dans la comptabilité sans qu'il soit évident qu'il avait disparu. Tu sais comment faire ça, n'est-ce pas ?

Silence.

— Excellent. Il ne saura probablement même jamais que c'est arrivé avant un jour prochain quand il se demandera quand il recevra son héritage.

Le souffle de Taylor se coinça dans sa poitrine. De quoi parlait-il ?

— Non, je ne me sens pas mal. Bordel, ce petit con ne se serait jamais marié à temps de toute façon, tu n'es pas d'accord ? Je veux dire, a-t-il montré un signe quelconque qu'il souhaite s'installer ? Merde, il est trop occupé à se taper tous les homos de la ville. En plus, il utiliserait cet argent pour…

Des bruits de pas ! Taylor traversa le couloir en hâte pour entrer dans la salle de musique et attendit que Charles la dépasse. Son cœur battait si fort qu'il faisait probablement trembler le mur contre lequel il était appuyé. *Quels petits caractères ?* Il jeta un œil dans le couloir. Le majordome n'était nulle part en vue. *En avant.* Il se précipita hors de la pièce, traça dans le couloir, et franchit la porte d'entrée en courant pour rejoindre sa voiture. Heureusement, le bureau de son père donnait sur le jardin. Il saurait que Taylor était venu à la maison – Charles lui dirait –, mais pas que Taylor s'était approché de son bureau.

*Sainte merde*[2]. Il appuya sur l'accélérateur et dévala la montagne vers la ville et son appartement, dans le crépuscule croissant. De quoi parlait Laughton ? Et son héritage ? Il devait parler de l'argent que son grand-père lui avait légué. Le testament disait clairement qu'il pourrait l'obtenir après son vingt-cinquième anniversaire. Donc… que voulait dire son père en parlant de mariage ?

Il avait besoin de cet argent. S'il ne l'obtenait pas, il… il ne voulait pas y penser.

Le temps qu'il vienne à bout du trafic jusqu'à l'autoroute, traverse la ville et s'arrête dans le parking de son immeuble, il était seize heures trente passées. Il était censé retrouver Harry et Christopher, alias Coco, à vingt heures, mais tout de suite, il avait une seule priorité. Il courut à l'intérieur du bâtiment et sauta dans l'ascenseur au moment même où les portes se fermaient.

*Allez*. Quelqu'un ralentissait clairement cette maudite chose. Enfin, il sortit à son étage et se précipita dans son appartement. Son chat, Stonewall – grand, roux et poilu – se jeta sur lui du haut de l'armoire japonaise et manqua presque son épaule tellement il se déplaçait vite.

— Désolé, mon gars. Nous avons de gros problèmes financiers.

Il le gratta sous sa grosse tête et se dépêcha vers le coffre-fort de son bureau. Il rata la combinaison une première fois tant ses mains tremblaient fort. Finalement, il sortit le document. Il ne l'avait pas regardé depuis la lecture qu'il en avait faite des années plus tôt. La seule vue des papiers lui donnait envie de pleurer. Il avait aimé son grand-père, et quand il était

2 En français dans le texte

mort, celui-ci avait laissé Taylor derrière lui, sans mère, et avec un père qu'il connaissait à peine – et ce qu'il connaissait de lui, il ne l'aimait pas.

Taylor étala les documents par terre devant lui, et Stony bondit de son épaule et s'étala en un arc orangé géant partout sur le testament. *Bon Dieu.*

— Okay, mon gars, tu dois être avec moi là-dedans.

Il le poussa et Stonewall feula.

— Stony, bon sang. On parle de cinquante millions de canettes de thon !

Avec une nonchalance suprême, Stony se leva et quitta sa place d'un pas décontracté, puis se laissa tomber plus loin et posa sa tête sur sa patte avant, observant Taylor.

Taylor se pencha sur les pages. Son éducation coûteuse en marketing ne l'avait pas préparé à tout le jargon juridique. L'avocat de Laughton avait aussi été celui de son grand-père, et Taylor n'avait pas prêté très attention alors qu'il écoutait la lecture du document, luttant contre les larmes. Pourtant, il se souvenait du montant. Cinquante millions de dollars. Ce n'était pas à prendre à la légère puisque son père léguerait probablement tout son argent, ou presque, à toute personne, organisme ou chose qui n'étaient pas Taylor.

Il scanna les lignes et trouva finalement la déclaration dont il se souvenait. Il jeta un coup d'œil au chat.

— Bon sang. C'est écrit juste ici : je dois recevoir l'argent après mon vingt-cinquième anniversaire. En d'autres termes, *après-demain.* Alors, de quoi diable parlait Laughton ?

Il marqua une pause.

— Attends une minute.

À côté de la déclaration, il y avait un minuscule astérisque. À peine visible. Il regarda le bas du document. Pas de notes de bas de page. Passant à la page suivante, il chercha la fin du texte. *Là*. Après deux feuilles 'laissées intentionnellement vierges', figurait une série de minuscules notes de bas de page.

Taylor fixa les petits caractères. Sa bouche s'ouvrit lentement de stupeur.

— Bordel de merde.

La note numéro neuf disait que *le bénéficiaire doit avoir trouvé une femme et fait un mariage d'amour au moment de l'héritage ou le legs reviendra à l'exécuteur testamentaire.*

— C'est impossible.

Cela ne pouvait pas être vrai.

— Si on mettait ça dans un film, personne n'y croirait.

Pourquoi ? Pourquoi son grand-père lui aurait-il fait ça ? Certes, le vieil homme était heureusement marié, et il détestait que Laughton n'ait jamais aimé sa propre femme. Quand la mère de Taylor était décédée, Laughton avait pris l'argent dont elle avait hérité et n'avait jamais regardé en arrière dans sa mise à sac du business américain – sans parler de la mise à sac d'une ribambelle de femmes bien dotées.

Taylor laissa tomber son cul par terre et sa tête sur ses genoux. Il avait seulement dix-huit ans quand son grand-père était mort. Le vieil homme n'avait jamais su qu'il était gay. Il pensait probablement qu'il aidait son petit-fils à épouser la personne qu'il choisirait, plutôt que quelqu'un que Laughton aurait choisi pour lui. Peut-être. Il ne le saurait jamais.

Et, voilà qu'il était là, six ans plus tard, sans avocat personnel parce qu'il avait été trop pris par sa vie pour s'occuper de faire des vagues avec celui de son père. Eh bien, il venait juste d'être touché par un tsunami.

Stony glissa lentement contre la cuisse de Taylor puis sur son abdomen pour trouver une place sur ses genoux. Automatiquement, il caressa sa fourrure soyeuse.

— Merde, Stony, je pensais que j'aurais une fellation pour mon anniversaire. Je ne savais pas que je serais baisé.


— **HARRY,** ta sœur est là ? J'ai besoin qu'elle m'épouse.

Taylor regardait le plafond et pressait son téléphone contre son oreille tandis que Stonewall était allongé en travers de ses cuisses.

Le meilleur ami de Taylor grogna.

— Quoi ? Très drôle. La réservation est à huit heures, mais tu ferais mieux d'arriver tôt, chéri. Tu sais qu'il y a foule chez Filbert les vendredis, et nous voulons beaucoup de temps pour boire des verres, hein ?

— Je ne plaisante pas.

— Quoi ?

— Crois-tu que Terry serait prête à m'épouser pour quelques millions de dollars ?

— Oh, pauvre bébé. Est-ce que tu te sens vieux et laissé pour compte à vingt-cinq ans ? Je suis sûr que tu trouveras, Monsieur Parfait durant la prochaine décennie, et que ce sera suffisant en termes de temps. Tu n'as pas à être désespéré.

— Harry, écoute. Je viens juste de découvrir que je dois être marié à une femme d'ici demain ou perdre l'héritage de mon grand-père.

— Ridicule. Comment pouvais-tu ne pas le savoir avant aujourd'hui ?

— Disons simplement que c'est une conspiration de petits caractères, et ma propre stupidité. Quoi qu'il en soit, je vais payer Terry pour m'épouser. Nous pourrions devoir rester mariés plus ou moins une année, puisque c'est censé être un mariage d'amour, mais je le lui revaudrai le temps que ça durera.

Silence.

— Est-ce que tu as raccroché ?

— Oh, chéri, je suis complètement sous le choc. Il n'y a nulle part où se marier en quelques heures en Californie à cette heure-ci.

— Nous irons ailleurs.

— Ça doit être proche. Même si tu empruntes un jet, tu ne peux pas voler longtemps et aller où que ce soit avant minuit. Le seul endroit pour être marié rapidement et sans attendre, c'est Vegas.

— Bien, parfait. Vegas, alors.

— Taylor.

— Je prends un sac et je la retrouve à l'aéroport dans une demi-heure.

— Taylor !

— Oui ?

— Même si elle t'épousait pour de l'argent, ce qu'elle ne fera pas, elle est à New York. Elle ne peut pas arriver au Nevada avant minuit.

Il se redressa, ignorant le feulement de protestation de Stony, et frappa sa main sur la table basse, ce qui lui fit plus mal qu'il voulut l'admettre.

— Eh, merde ! Je ne connais pas d'autres femmes que je peux convaincre de m'accompagner à Vegas dans une heure.

— Trouves-en une là-bas.

— Merde [3].

— Attends. Reste en ligne.

La voix de Christopher murmura derrière Harry, mais Taylor ne put comprendre ce qu'il disait.

— Taylor, Christopher a une idée. Il dit qu'il y a un service d'escorte vraiment haut de gamme à Vegas.

— Oh, allez, les mecs. Je dois rester marié à cette femme pendant un moment.

Harry couvrit le téléphone, mais Taylor l'entendit dire :

— Chéri, Taylor ne veut pas être marié à une fille de joie.

Il y eut plus de marmonnements.

— D'accord, il dit que ces filles sont vraiment classes et elles servent surtout en tant qu'impressionnant faire-valoir, pas comme prostituées. D'ailleurs, mon cher, quel choix as-tu ? Je suppose que tu peux toujours attraper une danseuse de cabaret au moment où elle sort de scène.

Taylor souffla de contrariété.

— D'accord. Dis-lui de m'envoyer le numéro.

— Chéri, est-ce que tu veux vraiment faire ça ? Je veux dire, cinquante millions, c'est une sacrée somme, mais tu gagnes un salaire décent, et tu as une vie agréable. Veux-tu vraiment tout faire foirer avec ces mises en scène et ces mensonges ? Je veux dire, comment te souviendras-tu même des choses que tu auras dites et à qui ? Est-ce que ceci vaut la peine d'entuber ton père ?

*Oh, la vache.*

— Harry, je n'ai pas le temps d'y trouver une logique. C'est vrai, je ne veux pas que mon père ait cet argent. Mais plus important encore, je pensais que

---

3 En français dans le texte

je le toucherais, alors j'ai fait des plans pour financer plusieurs nouveaux centres de jeunesse, et les travaux ont déjà commencé. Si je perds le fric, eh bien, je ne suis même pas sûr de ce qui va arriver. Des dettes, d'une. Peut-être des procès. En plus, je veux que ces enfants disposent de ces centres. Je pense que mon grand-père l'aurait voulu aussi. Merde [4] !

— Oh chéri. Je savais que ton père était insensible et pénible, mais je n'ai jamais pensé qu'il avait gagné le prix du salopard de l'année.

Taylor soupira et coupa court aux larmes qui voulaient percer. *Oh non, pas de ça !*

— Moi non plus. Je sais qu'il ne m'aime pas beaucoup, mais je ne savais pas à quel point. Quoi qu'il en soit, maintenant je le sais. J'y vais. Je laisserai de la nourriture pour Stony, mais je t'appellerai si je m'absente plus longtemps que prévu.

— Pourquoi, parce que tu dois en plus adopter un orphelin pour hériter de la collection des mélodies de comédies musicales de ta grand-mère ?

— Ne fais pas le malin.

— Nous boirons à ta santé.

— Faites-vous plaisir. Je vais en avoir besoin.

---

4 En français dans le texte

## *Chapitre Deux*

— **J'ARRIVERAI** vers vingt heures. Pouvez-vous vous assurer qu'elle sera à l'hôtel à ce moment-là ?

Taylor regarda sa limousine s'arrêter devant les terminaux de départ et récupéra de l'argent dans sa poche. Il ne tenta même pas de prendre le jet de l'entreprise. Laughton le saurait dans la minute.

— Il sera peu après vingt heures, monsieur.

— D'accord, juste après c'est bien. Je sais que c'est une demande de dernière minute, mais vous êtes sûr que la jeune fille est futée ? J'apprécie vraiment l'intelligence.

Seigneur, s'il devait convaincre les gens que c'était un mariage d'amour, et être marié à cette femme durant une année, il avait besoin de quelqu'un avec de la cervelle.

— La plupart de nos hôtesses sont intelligentes, monsieur, et j'ai spécialement choisi Stephanie pour son QI. Vous avez eu de la chance, en fait. Toutes nos dames étaient prises ce soir, sauf Stephanie, qui vient juste de rentrer d'un voyage. Mais même si toutes nos hôtesses avaient été disponibles, elle aurait été mon premier choix.

Peut-être était-ce un cadeau du destin ?

— Bien. Avez-vous reçu mon paiement ?

— Oui, monsieur, le virement est arrivé.

— Je suis à l'aéroport. Envoyez-moi un message s'il y a le moindre changement de programme. Je l'aurai dès que j'atterrirai.

— Je doute que cela se produise, monsieur, mais soyez tranquille, je vous ferai part du moindre changement.

— Au fait, demandez-lui de porter du blanc, s'il vous plaît.

— Euh, oui, monsieur.

— Merci beaucoup.

Il raccrocha. La femme croyait maintenant officiellement qu'il avait un grain, mais mieux valait ça que la vérité. Inutile de dire qu'il n'avait pas expliqué ses véritables motivations à la personne qui s'occupait des mises en relation.

Le chauffeur de la limousine ouvrit la porte et Taylor sortit, lui remit une liasse de billets, attrapa sa petite valise, et se dépêcha de rejoindre le terminal. Et si Stephanie ne voulait pas l'épouser ? Et si elle était déjà mariée ? Les escortes – euh, hôtesses – étaient-elles souvent mariées ? Aucune idée. *Je vais devoir la jouer flexible sur ce coup-là.* Mais sûrement qu'une femme qui travaillait en tant qu'escorte n'hésiterait pas à se faire quelques millions sans même avoir besoin d'avoir des relations sexuelles pour les obtenir. Bien sûr, faire semblant d'être mariée avec un homme gay pendant un an n'était pas en tête des listes d'amusement de la plupart des filles.

Il passa la sécurité avec un billet pré-contrôlé et se dirigea vers sa porte. Parfait timing. Deux minutes plus tard, on commençait à embarquer les membres Platinum et Première Classe, dont il possédait les deux cartes, et il suivit le mouvement. Devrait-il prendre un verre ? Il ne valait mieux pas. Il avait besoin de pouvoir réfléchir clairement, à cent pour cent. De plus, peut-être que Stephanie n'approuvait pas l'alcool.

Pendant une heure, il sirota du jus de pomme et pensa à son grand-père. Le vieil homme aurait-il détesté le fait qu'il soit gay ? Bien sûr, Laughton insistait pour dire qu'il aurait été malade de savoir que son unique petit-fils – et donc préféré – était homosexuel. Peut-être. Le vieil homme était assez libéral pour un milliardaire. Taylor haussa les épaules et tendit son verre à l'hôtesse en vue de l'atterrissage.

Alors que les roues touchaient le sol et que l'avion commençait à rouler sur la piste, il alluma son téléphone et vérifia ses messages. Rien. *Serions-nous anxieux ?*

*Sérieusement, est-ce même possible ? Pouvait-on rencontrer et épouser une femme en l'espace d'une nuit ?* Il était temps de le découvrir. Bien sûr, un pot-de-vin de quelques millions de dollars ne faisait pas de mal.

Le chauffeur de limousine tenait une pancarte avec son nom, et quelques minutes plus tard, il était installé dans le grand véhicule et regardait par les fenêtres la grotesque ligne d'horizon qu'on appelait Las Vegas. Sérieusement, dans quelle autre partie du monde pouvait-on voir une tour Eiffel, une pyramide, un paysage urbain de New York, et les canaux de Venise, le tout éloigné de quelques pâtés d'immeubles ? Il avait réservé une suite à l'Adelanta, l'un des hôtels les plus récents, les plus grands et les plus délirants du Strip. Il aurait préféré un établissement plus petit, plus calme, plus élégant, et sans casino, mais ces hôtels ne disposaient pas non plus de chapelles. Et il avait besoin d'une chapelle prête à officier.

Oh, Seigneur, c'était tellement bizarre.

Ils avancèrent de quelques mètres dans la file qui accédait à l'entrée, où une autre limousine, beaucoup plus blanche était stationnée toutes portes ouvertes avec des boîtes en métal attachées au pare-chocs. Une étiquette sur le pare-brise arrière annonçait 'Jeunes Mariés'. Il déglutit péniblement.

Des gens se déversèrent par les portes d'entrée de l'hôtel en jetant des confettis et en applaudissant. À travers la marée humaine, il vit courir la mariée et le marié. Elle portait encore sa robe blanche, et le marié était en smoking. Pas d'enfants – des gens dans la quarantaine – et bon sang, n'avaient-ils pas l'air heureux. *Imagine-toi épouser quelqu'un que tu aimes vraiment.*

Un valet courut jusqu'à la fenêtre du conducteur, l'air nerveux de devoir laisser un passager en limousine attendre devant l'hôtel. Oui. Les clients qui en avaient plein les poches arrivaient en limousine.

Le chauffeur baissa la fenêtre, et le valet regarda à l'intérieur, vers l'arrière où Taylor était assis.

— Désolé de vous faire attendre. Nous essayons de les faire avancer.

Il s'en alla en courant tandis que les participants à la fête du mariage semblaient être partis pour prendre des photos-souvenirs éternelles avec chaque ami qu'ils avaient, posant avec la mariée et le marié alors qu'ils montaient dans la voiture. Les gens coincés derrière les voitures alignées commencèrent à klaxonner.

Taylor jeta un œil à sa montre. Huit heures moins dix.

— Dois-je essayer de trouver une entrée latérale, monsieur ?

— Vous ne sortirez jamais de ce bouchon. Je vais juste descendre ici et me frayer un passage dans cette foule. Merci.

Il attrapa une autre poignée de billets et la donna au chauffeur, puis sortit avec sa valise. Il restait toujours plusieurs mètres de voiture avant d'atteindre l'entrée principale. Même les entrées de chaque côté de la porte tournante menant à la réception semblaient bloquées par des gens et des bagages. *Eh bien, diable.* Il regarda sa montre à nouveau. Huit heures moins cinq. Il plissa les yeux devant le lierre décoratif. Une porte dans le mur masqué par du feuillage s'ouvrit, et un portier en sortit. *Parfait.*

Il se fraya un passage dans la végétation et tira la porte à lui. À l'intérieur, un vestibule étroit et sans fioritures s'étirait devant lui. Il y avait deux chariots de portier débordant de bagages de chaque côté. Un monte-charge était encastré dans le mur du côté droit, et une autre double porte, menant probablement à la réception, complétait le tableau. Il s'avança, et les doubles portes s'ouvrirent à la volée. Un jeune homme avec un uniforme de valet fit irruption, et Taylor recula pour éviter la collision.

Le gamin inclina la tête.

— Euh, que faites-vous ici ? demanda-t-il, clairement trop surpris pour être poli.

Taylor sourit.

— J'essayais d'atteindre le hall de réception sans avoir à me marier pour le faire.

Son sourire s'estompa un peu quand il réalisa ce qu'il venait de dire.

— Oh excusez-moi, je suis désolé, monsieur. Je sais que c'est le bazar là dehors. Puis-je prendre votre valise ? Le bureau d'enregistrement se trouve au-delà de ces portes et à votre droite.

Il tendit la main vers la valise. Taylor la ramena vers lui.

— Non, ça ira. Ce n'est pas lourd.

Il n'avait vraiment pas besoin que ses vêtements disparaissent dans le chaos de l'hôtel. La plupart des gens n'avaient pas un planning aussi serré que le sien.

Il fit un pas vers les doubles portes alors que les portes de l'ascenseur s'ouvraient et qu'une jeune fille rousse dans ce qui devait être un uniforme de femme de chambre en sortait.

— Salut, Sy.

Le visage de l'homme s'illumina comme l'explosion d'un feu d'artifice. Il était facile de savoir pourquoi. La jeune fille étincelait, comme si quelqu'un l'avait éclairée de l'intérieur.

— Bonjour, Ally. Qu'est-ce que je peux faire pour toi ?

Elle jeta un coup d'œil à Taylor. *Arrête de la dévisager.* Taylor s'avança vers les portes, mais lui jeta un dernier regard. De grands yeux bruns, un visage délicat avec un nez mutin, et des lèvres parfaitement ourlées. Si on mettait ses cheveux roux, ses grandes lunettes et quelques centimètres de hauteur de côté, elle aurait pu jouer dans un remake de l'un des vieux films d'Audrey Hepburn. Quelle poupée ! Il s'éclaircit la gorge.

— L'enregistrement est à droite, vous dites ?

Le portier pouvait à peine détourner son regard de la jeune fille, mais il hocha la tête.

— Oui monsieur. Juste là. Êtes-vous sûr que je ne peux pas vous aider ?

Il n'avait jamais été aussi cruel.

— Non, ça va. Merci.

La folie dans le hall de réception ne semblait pas aussi terrible que devant le portique, et il atteignit le comptoir indemne. Il s'avança dans la ligne VIP et se retrouva face au réceptionniste en l'espace de quelques secondes.

— Taylor Fitzgerald.

— Ravi de vous avoir parmi nous, monsieur. Juste une nuit ?

— Euh, oui, probablement. Je dois vérifier ma réservation à la chapelle.

Les yeux de l'homme s'élargirent.

— Oh mon Dieu ! C'est excitant.

— Oui.

Taylor sourit. Il pouvait aussi bien sauver les apparences tout de suite, au cas où un employé de son père commencerait à poser des questions.

Le réceptionniste décrocha le téléphone et composa un numéro, écouta, puis reposa le récepteur.

— J'imagine qu'ils sont tous au milieu d'un mariage, monsieur. Ça a été une grosse journée pour eux.

Il regarda l'entrée de la réception avec un froncement de sourcils.

— Mais je vais vous faire escorter par un portier qui vous conduira à votre chambre, si cela vous convient ?

Taylor jeta un nouveau coup d'œil à sa montre, puis à son téléphone. Pas de message.

— Vous a-t-on questionné quant à mon numéro de chambre ? J'attends quelqu'un. Plutôt anxieusement, avoua-t-il en souriant.

Le réceptionniste gloussa.

— Non, monsieur. Pas encore.

D'accord, on lui avait dit qu'elle serait là peu après vingt heures. Combien de temps représentait 'peu après' exactement ?

— Voulez-vous bien m'appeler dès qu'elle arrive ?

Il inscrivit son numéro de téléphone sur un bloc de papier sur le bureau.

— Elle s'appelle Stephanie. Je ne voudrais pas la manquer pendant que je vérifie les préparatifs du mariage.

— Bien sûr, monsieur Fitzgerald, dit-il en levant un doigt à l'intention d'un homme imposant à l'air stressé et portant une tenue de portier qui se dépêchait de traverser le hall de réception.

— Zeke.

Le visage de l'homme disait 'pris en flagrant délit'. Il s'arrêta dans son élan et se dirigea vers le comptoir de la réception en marchant.

— Oui ?

— Zeke, voici M. Fitzgerald, un client très important de l'Adelanta. Il a besoin de voir la chapelle avant d'être conduit à sa suite.

Les mots 'très important' étaient probablement le code secret pour 'gros pourboire', parce que l'homme sourit.

— Avec plaisir, monsieur.

Avec le balancement d'un arrière-train plutôt agréable à regarder, Zeke traversa le hall d'entrée vers une arcade voûtée qui menait à un solarium magnifique débordant de fleurs et de plantes. Ils empruntèrent un chemin latéral, et après quelques tournants, Taylor vit un panneau qui indiquait 'chapelle de mariage'. Le cadre était parfait.

Zeke tint une porte ouverte, et Taylor entra dans ce qui devait être une salle d'attente. Deux canapés bordaient les murs, et une table basse mettait à disposition des exemplaires du magazine *'American Bride'* et de nombreux périodiques de décoration. Des photos de mariage étaient affichées aux murs.

Zeke jeta un coup d'œil à travers la fenêtre d'une porte sur le mur du fond.

— Il y a un mariage en cours, mais vous pouvez voir l'intérieur d'ici.

Taylor regarda à travers la porte vitrée et découvrit une jolie pièce, à peu près de la taille d'une chambre d'amis, remplie de fleurs et de bougies. Une personne formellement vêtue – dans le genre prêtre – se tenait à l'avant de la pièce, mais la partie formelle s'arrêtait là. Trois ou quatre personnes en short étaient assises sur les bancs, pendant qu'une jeune fille, debout, en jean, avec un débardeur, des tongs et un voile, souriait à un jeune homme avec des cheveux rasés et de l'acné. Tous les deux tenaient dans leurs mains ce qui ressemblait à des coupes de champagne. Une femme âgée à l'expression très sévère jouait 'Love Is a Battlefield [5]' de Pat Benatar sur l'orgue.

Le portier rigola.

— Espérons qu'ils se plaisent toujours quand le champagne viendra à manquer.

Taylor sourit.

— Je pensais justement la même chose.

Il s'éloigna de la fenêtre.

5 NdT : L'amour est un champ de bataille

— Je ne vois pas la femme qui s'occupe habituellement des réservations de la chapelle. Elle est probablement allée dîner, dit Zeke.

— Ce n'est pas grave. J'appellerai de ma chambre pour confirmer.

Il regarda son téléphone par réflexe, mais aucun message ne s'y était glissé depuis la dernière fois qu'il avait vérifié, trente secondes plus tôt.

Zeke lui tint à nouveau la porte extérieure.

— Dans ce cas, je vous conduis à votre chambre.

Il les ramena jusqu'aux ascenseurs et appuya sur le numéro soixante-cinq. L'étage de l'appartement-terrasse.

Zeke regarda les numéros défiler, comme tout le monde semblait le faire dans les ascenseurs.

— Vous restez longtemps ?

— Non, probablement une nuit ou deux.

— Alors, vous allez vous passer la corde au cou, hein ?

Zeke avait vraiment besoin d'apprendre de nouveaux clichés.

— Oui, c'est le plan.

— Où est l'heureuse élue ?

— Elle arrive bientôt.

— Vous devez être excité.

Taylor hocha la tête et regarda sa montre.

Lorsqu'il sortit de l'ascenseur, un grand chariot hôtelier bloquait une partie du couloir.

Zeke se tint contre le chariot et fit signe à Taylor d'avancer.

— Le personnel d'entretien doit avoir reçu une demande spéciale. Ils ne font généralement pas les chambres aussi tard. Mais rien n'est trop bon pour nos VIP.

Il sourit.

— Faites attention de ne pas vous prendre les pieds dans le chariot en passant, monsieur.

Taylor dépassa la chambre qui était en train d'être faite – et s'arrêta net. Une voix magnifique chantait une douce mélodie populaire qu'il pensait avoir entendue étant enfant. La voix était un contralto, mais avec une différence rauque et sombre. Fluide, mais contrôlée.

Taylor jeta un coup d'œil à Zeke.

— La personne qui chante est assez bonne pour être professionnelle.

Le concierge hocha la tête.

— Probablement le client de la chambre. Nous recevons beaucoup de sommités du monde du spectacle à cet étage.

Zeke marcha jusqu'au bout du couloir, ouvrit l'une des doubles portes, et fit un pas en arrière pour laisser Taylor entrer dans un vestibule gracieux. Un grand vase de fleurs fraîches était disposé sur une table ronde au centre de la pièce, et de la lumière brillait vivement dans la pièce au-delà.

Taylor contourna la table et pénétra dans la pièce principale de la suite. Un vitrage, allant du sol au plafond, formait le mur du fond et dominait l'extravagance de Las Vegas, la vallée, et les montagnes sombres au-delà. Deux canapés longs se faisaient face au centre de la pièce, entre la vue d'un côté, et une cheminée en travertin de l'autre.

Le portier s'agita dans la suite. Finalement, il ouvrit une porte et emporta la valise de Taylor avec lui.

— Voici votre chambre, monsieur.

Taylor détourna les yeux de la vue et s'aventura dans la pièce à côté. Un lit gigantesque dominait l'espace. Il faisait face à une vue similaire à celle de la pièce principale. Dommage qu'il n'apprécierait jamais sa chambre à sa juste valeur.

L'homme entra dans la salle de bains et appuya sur l'interrupteur. Taylor le suivit. Devant lui s'étalait une baignoire assez grande pour accueillir un banc de dauphins, deux lavabos, et assez de travertin pour assécher une carrière. C'était une suite digne du shah qui avait construit le Taj Mahal, et sa femme. Mais l'un des porte-serviettes était vide.

Zeke fronça les sourcils.

— La femme de chambre doit être partie chercher plus de serviettes. Je vais vérifier avec elle et les faire apporter immédiatement.

— Merci.

Après un cours accéléré sur le fonctionnement de la climatisation, sur la télécommande qui contrôlait la variation des lumières, les rideaux électriques, et la télévision murale à écran plat, Taylor récupéra dix dollars dans sa poche.

— Merci beaucoup.

Zeke sourit.

— Profitez de votre séjour. Appelez si vous avez besoin de quoi que ce soit.

L'homme pouvait-il convaincre une femme de contracter un mariage factice ? Le joli petit lot se retira, laissant Taylor seul.

Il s'effondra sur le canapé et regarda son téléphone. Huit heures trente. Était-ce 'juste après huit heures' ?

Il composa le numéro du service d'hôtesses.

Lorsque la femme répondit, il prit une inspiration. *N'aie pas l'air hystérique.*

— Bonjour, c'est Taylor Fitzgerald. Je suis à mon hôtel, et Stephanie n'est pas encore là.

— Oh. Je suis vraiment désolée, monsieur. Elle a appelé pour dire qu'elle était en route, alors peut-être que le trafic est mauvais.

La scène à l'entrée de l'hôtel flasha dans son esprit.

— En fait, il était un peu difficile d'accéder à la réception, l'entrée de l'hôtel était légèrement encombrée à mon arrivée, mais je pense qu'elle devrait être dégagée maintenant.

— Eh bien, dans ce cas, elle sera probablement là d'un moment à l'autre.

— D'accord, merci.

Il appela le comptoir VIP de la réception.

— Oui, monsieur Fitzgerald, en quoi puis-je vous aider ?

— Je me demandais juste si vous aviez vu, euh, Stephanie ?

— Non, monsieur. Pas encore. Mais nous ouvrons l'œil.

— Merci.

Il raccrocha et jeta le téléphone sur le canapé. *Merde.*

## *Chapitre Trois*

**TAYLOR** retourna dans la chambre et sortit son costume du sac, enlevant le plastique et le papier du pressing. Pas besoin qu'il se froisse avant le mariage. Avec sa trousse de toilette en main, il entra dans la salle de bains, se soulagea, se lava les mains, et se brossa les dents dans l'un des deux lavabos. Il fixa son reflet dans le miroir et passa une main sur son menton. Avait-il besoin d'un rasage ? Ses poils blond clair ne se voyaient pas sur son visage, mais il pourrait avoir à embrasser la jeune fille au mariage, juste pour avoir l'air authentique. Non, cela irait. Si celle-ci pensait qu'il en avait besoin, il pourrait se raser plus tard, avant le mariage.

Après avoir regardé sa montre – encore ! –, il retourna au salon, jeta les emballages du pressing dans la poubelle et se mit à faire les cent pas. Où diable était-elle ? S'il devait mener à bien cette mascarade, il voulait commencer tout de suite.

Il leva les yeux en entendant le léger coup frappé sur la porte du couloir.

*Mince.* Ils avaient dit qu'ils appelleraient quand elle arriverait. *Profonde inspiration.* Au moins, elle était là. *Sourire.*

Tandis qu'il traversait la pièce jusqu'au vestibule, la carte-clé cliqua dans la serrure, et la porte s'ouvrit.

Il eut le souffle coupé.

La fille qui se tenait sur le seuil eut le souffle coupé.

Pendant une seconde, une partie embrumée de son cerveau sourit tant la jeune fille devant lui était purement et totalement mignonne. Mignonne, oui. Mais la mauvaise fille.

Des cheveux roux tirés en queue de cheval, un large foulard autour du cou, de grosses lunettes. Elle devrait très certainement les laisser tomber. Son visage était trop joli pour le style qu'elle avait choisi. C'était la jeune fille qu'il avait vue en bas. La femme de chambre.

Elle inspira profondément, ce qui gonfla sa mince poitrine.

— Je m'excuse, monsieur. Je pensais que vous étiez sorti.

Elle leva les serviettes dans ses bras.

— J'ai amené les serviettes que vous avez demandées.

*Quelle voix magnifique !* Une musique à ses oreilles.

Il fallut une seconde à sa déception pour submerger le pur pétillement de joie que la jeune fille semblait trimbaler avec elle et lui inspirait. Puis il regarda sa montre.

— Je vous remercie. Déposez-les dans la salle de bains.

Elle hocha la tête et le dépassa pour entrer dans sa suite. Il en sortit et regarda de chaque côté du couloir. Son rendez-vous n'était-il pas officiellement en retard ? La femme avait dit que Stephanie était en chemin.

Il revint dans la pièce principale de la suite et s'assit sur le canapé. *Détends-toi. Tu as beaucoup de temps pour la convaincre.* Il regarda en direction de la chambre. *Que faisait donc la femme de chambre là-dedans ?* Il se leva et marcha calmement jusqu'à la porte.

*Seigneur, cette voix.* Le même alto sombre et charmant qu'il avait entendu plus tôt dans le couloir flottait en provenance de la salle de bains.

— *The trees they grow high and the leaves they do grow green. Many a time my true love I've seen* [6.]

Taylor retint son souffle. Il se demandait ce que cela serait d'avoir quelqu'un qui chantait comme ça pour lui. Il s'appuya contre le chambranle de la porte et écouta. La chair de poule se répandit sur ses bras. La jeune fille était bonne à ce point. Mais que faisait-elle là-dedans ?

Il traversa la chambre sur la pointe des pieds et passa rapidement la tête dans l'ouverture de la porte. Un arrière-train. C'est ce qu'il vit principalement. La jeune fille était penchée au-dessus de l'énorme baignoire et la frottait. Diable, elle lui avait pourtant semblé tout à fait propre, mais apparemment, pas selon ses normes. Son postérieur était presque aussi joli que sa voix – et venant de lui, c'était dire. Le ménage devait la garder

---

6 Chanson folklorique populaire en Grande-Bretagne dont le thème évoque le mariage arrangé d'une jeune fille par son père à un garçon qui est encore plus jeune qu'elle.

en forme, parce que c'était un cul musclé et très bien formé.

— *Many an hour I've watched him all alone. He's young but he's daily growing.*

Il recula jusqu'à ce que ses cuisses touchent le lit, et il se laissa tomber assis. Mon Dieu, il aurait pu l'écouter toute la journée. Se penchant en arrière pour reposer sur les coudes, il ferma les yeux et se noya dans cette musique sensuelle.

*Soupir.*

— Monsieur ?

Ses yeux s'ouvrirent d'un coup. Elle se tenait sur le seuil de la salle de bains et le regardait fixement. Pas de lunettes. Sans elles, son visage en forme de cœur devint presque trop beau pour y croire. Il le savait ! Il savait qu'elles n'étaient pas faites pour elle.

— Vous avez l'air tellement mieux sans vos lunettes.

— Comment ?

Sa main vola à son visage.

— Oh.

Elle retourna dans la salle de bains en trottinant et en émergea quelques secondes plus tard avec les monstruosités noires bien en place.

— Je mets de l'eau dessus quand je me penche au-dessus de la baignoire.

— Vous devriez vraiment les repenser. Il y a beaucoup de styles qui seraient plus flatteurs.

Il secoua la tête.

— Désolé. Vous n'avez pas demandé des conseils de mode.

Ses doigts touchèrent la monture.

Taylor sourit.

— Vous êtes vraiment très jolie, vous savez.

Il leva une main, paume en avant.

— Et je promets que je n'ai aucune arrière-pensée en disant ça.

Il se leva.

— En plus, vous avez une voix de classe mondiale. Puis-je vous demander pourquoi vous travaillez comme femme de chambre ? Il doit y avoir des emplois pour de jolies filles qui savent chanter dans cette ville.

Il rit.

Elle regarda ses pieds dans ses baskets en toile usées. De grands pieds pour quelqu'un de si gracieux.

— Merci pour les compliments, monsieur. J'aime mon travail.

— Oh, très bien. Je ne voulais pas me mêler de ce qui ne me regarde pas.

*Mets en sourdine ta tendance à jouer les Mère Teresa, idiot.*

Elle sourit, et des fossettes apparurent sur ses joues. Elle avait une nature espiègle – en plus d'une étrange sensualité – qui lui coupait le souffle. Mais à quoi pensait-il donc ? L'idée d'épouser une femme le rendait-elle soudainement bi ?

— Merci de vous en soucier, monsieur.

— Oh avec plaisir…

Son téléphone portable sonna. *Dieu merci. Ce doit être Stephanie.*

— Excusez-moi.

Il se dépêcha de rejoindre le salon et répondit à l'appel. La femme de chambre traversa la pièce et ramassa la corbeille dans laquelle il avait jeté les emballages du pressing, puis la porta à la porte. Il lui fit un signe de la main. Elle lui rendit son geste en sortant, laissant la porte entrouverte. Probablement afin de pouvoir ramener la corbeille.

— Monsieur Fitzgerald ?

Minute ! C'était la femme du service d'hôtesse qui avait pris sa demande.

— Oui ?

— Je suis vraiment désolée, monsieur. J'ai peur d'avoir une mauvaise nouvelle.

Il se laissa tomber sur le canapé et fourra une main dans ses cheveux bouclés, resserra ses doigts, et tira.

— Non.

— Si, malheureusement. Je dois vous informer que Stephanie a eu un accident en venant vous rejoindre à l'hôtel.

Sa tête tomba.

— J'espère qu'elle n'est pas trop gravement blessée.

Son cœur s'écrasa à ses pieds.

— Une jambe cassée, en fait. Comme je vous l'ai dit, toutes nos autres hôtesses sont réservées ce soir. Je suis heureuse de vous rembourser votre argent, et nous serions ravis de vous fournir une hôtesse demain, ou à n'importe quel autre moment, sans frais, pour vous exprimer notre consternation à la suite de cet événement.

— J'ai peur que demain ne soit trop tard. Je vous remercie.

— Je suis vraiment désolée. Une telle chose ne s'est jamais produite.

— Je comprends.

Il raccrocha le téléphone et laissa tomber sa tête dans sa main.

— Enfer et damnation.

Il entendit la porte s'ouvrir.

Il releva la tête et donna un coup de poing sur le canapé.

— Merde !

— Monsieur, est-ce que vous allez bien ?

Elle fit quelques pas vers lui. Ses mains volèrent en avant comme si elle voulait vraiment faire quelque chose, mais sans savoir quoi.

Il l'observa, puis baissa les yeux sur son téléphone.

— Désolé. Je viens juste de recevoir une mauvaise nouvelle.

*Respire. Ça va aller. Prends simplement tes distances avec Laughton, trouve-toi un nouveau travail. Je devrais construire les centres plus tard. Mais je dois prendre contact avec les développeurs maintenant et leur faire savoir avant que trop d'argent soit investi.*

Il jeta le téléphone sur le canapé. Bon Dieu, il détestait ça. Le monde avait besoin de ces centres. Si son grand-père avait voulu que Laughton ait cet argent, il le lui aurait donné.

— Puis-je aller vous chercher quelque chose ?

— Comment ?

Oh, c'est vrai. La femme de chambre était toujours là.

— Un peu d'eau, ce serait bien.

Elle disparut dans la cuisine. Il entendit le réfrigérateur s'ouvrir et de la glace que l'on mettait dans un verre. Une minute plus tard, elle revint et lui tendit le verre.

— J'espère que tout va bien.

Ses grands yeux bruns brillaient de sincérité.

— J'ai connu des jours meilleurs.

Il soupira et prit le verre.

— Merci.

Il but l'eau glacée. Cela faisait du bien.

— Y a-t-il quoi que ce soit que je puisse faire pour vous, monsieur, avant de retourner travailler ?

*À part me sauver d'avoir à remettre cinquante millions de dollars à mon rat de père ?*

— Non. Merci beaucoup de votre sollicitude. Euh, quel est votre nom ?

— Ally.

— Merci, Ally. Vous entendre chanter a embelli ma journée.

Merde, c'était la seule bonne chose qui était arrivée.

Ses joues de porcelaine virèrent au rose.

— Merci beaucoup. En général, je ne chante pas devant les gens.

— Eh bien, vous le devriez. Vous embelliriez la journée de beaucoup d'autres personnes.

Elle pressa une main sur ses lèvres et gloussa. *Quelle beauté !*

— Merci, monsieur. Je devrais retourner travailler.

Elle ne semblait pas vouloir partir.

— Hé, je suis un client. Dites-leur que vous étiez occupée à m'empêcher de faire une dépression nerveuse.

— Oh, j'espère que non.

Le sourire disparut.

— Non, pas vraiment. Je ne peux pas réellement pleurer la perte de quelque chose que je n'ai jamais eue, je suppose.

— Les pertes, quelles qu'elles soient, sont toujours difficiles.

Elle haussa les épaules.

— Parfois, nous apprenons d'elles, ou nous découvrons même que nous nous portons mieux sans la chose que nous voulions si fort.

— Je le suppose.

Elle lui offrit un sourire éclatant.

— Mais pour la plupart, ce sont juste des bêtises.

Il rit, et cela lui fit du bien. Cette fille l'intriguait vraiment.

— Avez-vous toujours été femme de chambre ?

Le visage ouvert et lumineux se referma comme si quelqu'un avait fermé une fenêtre.

— Oui, monsieur. Je ferais mieux d'y aller. Si vous avez besoin de quoi que ce soit, appelez juste le service d'étage. Quelqu'un vous apportera tout ce que vous désirez.

— Oh, d'accord.

Elle traversa la pièce pour rejoindre la porte. Il se leva.

— Si j'appelle, puis-je vous demander, Ally ?

Elle se retourna et sourit.

— Bien sûr, mais mon service se termine dans une heure. Il y a de nombreuses personnes très compétentes qui peuvent vous aider. Au revoir.

Elle s'échappa par la porte.

La pièce entière sembla plus terne.

Il se traîna jusque dans la chambre et s'assit sur la chaise, le regard perdu sur la vue offerte devant lui. Il disposait de la chambre pour une nuit, mais pour quoi devrait-il rester ? Mieux valait rentrer chez lui à San Francisco et commencer à chercher un nouvel emploi. Il avait toujours travaillé pour son père. Il ne voulait pas se vanter, mais le vieil homme aurait probablement du mal sans lui. Le monde disait qu'il avait des instincts de tueur en affaires – même s'il avait été trop stupide pour savoir qu'il avait besoin d'un avocat pour le protéger de son propre père. Zut, son éducation n'était pas mauvaise, elle non plus. Mais bon, avec cinquante millions de dollars en extra, son père pouvait embaucher un tas de remplaçants.

*Alors, vas-y.* Mais, quoi ? Il avait mis tant d'énergie, d'enthousiasme et d'excitation dans ce plan, il n'avait pas réellement pensé aux alternatives. Il ne devrait pas avoir de difficultés à trouver un nouvel emploi, mais toutes ses économies étaient immobilisées dans des programmes d'entreprise. *Au revoir, épargne.*

Il se leva, prit sa valise, et tira son costume de la penderie. Il le regarda. Eh bien, tant pis ! Stephanie n'était pas la seule femme sur cette planète. Peut-être qu'il n'aurait pas pu la convaincre de toute façon. Huit heures quarante-cinq. Il avait perdu tout ce temps. Il y avait beaucoup de femmes à Las Vegas, et un tas d'entre elles pourraient être vraiment heureuses de toucher un pactole inattendu en échange de quelques mois à jouer la comédie. Des serveuses, des filles de cabaret, des danseuses, des chanteuses. Il pendit le costume à nouveau, prit sa carte-clé et se dirigea vers la porte. S'il devait essayer de mettre ce plan ridicule à exécution, il pouvait aussi bien en finir avec panache. Quelle était la vieille ligne de Bette Davis ? *Accrochez-vous, ça va être un vol cahoteux.*

En bas, dans le hall d'entrée, il chercha des candidates potentielles. Des danseuses de cabaret ? Trop difficile d'arriver jusqu'à elles. Pourquoi pas une serveuse ? Il pénétra dans le restaurant qui proposait un buffet et jeta un coup d'œil alentour.

L'hôtesse sourit.

— Désirez-vous une table, monsieur ?

Il ne pouvait pas exactement dire : *non, je veux une fille à épouser dans les trois prochaines heures.*

— Pas tout de suite. Je cherche quelqu'un.

Il commença à marcher d'un pas tranquille dans le grand espace plein à craquer de gens qui avalaient une nourriture abondante à bas prix. Hélas, la plupart des serveuses ressemblaient à des grands-mères. Des grands-mères probablement mariées. D'accord, ce n'était pas le meilleur choix en matière d'endroit. Il salua l'hôtesse, elle-même un peu corpulente, d'un geste de la main et se dirigea vers le bar.

Une véritable étude de contrastes. L'endroit était tout aussi bondé, mais les serveuses ici portaient des minijupes argentées à froufrous, leurs seins présentés dans des soutiens-gorge avantageux qui faisaient ressembler le moins bien doté à celui de Dolly Parton. Elles couraient partout en affichant des sourires et n'avaient pas de temps à perdre à parler à un homme dingue qui voulait savoir si elles étaient faites du bois dont on fait les épouses.

Une serveuse blonde à la poitrine généreuse le dépassa et se pencha devant une table remplie d'hommes parlant une langue que Taylor ne comprenait pas.

— Bonjour. Que puis-je vous servir ?

Alors que les hommes débattaient pour comprendre les noms des cocktails fantaisistes – comment traduisiez-vous 'Lente Pénétration Contre Le Mur' en Kazakhstan ? – il regardait la fille. Elle semblait gentille, même si ses yeux étaient fatigués et son sourire lumineux soutenu par une couche trop épaisse de rouge à lèvres. Pouvait-il aborder cette personne et lui dire *Salut, je veux vous épouser, et je vous donnerai cinq millions de dollars en échange ?* Oui, il y avait de grandes chances qu'elle puisse aimer l'argent – comme la plupart des gens –, mais il serait éjecté manu militari de l'hôtel avant qu'elle puisse le croire, et minuit serait depuis longtemps dépassé.

Il sortit du restaurant et s'assit dans le hall d'entrée. Un rapide coup d'œil du côté de la réception lui indiqua qu'une grande partie du personnel se composait d'hommes. Les minutes défilaient tandis que les gens passaient devant lui en hâte, pour aller s'amuser et jouer au casino, littéralement. Que penseraient-ils s'ils savaient qu'il était assis là, prêt à donner un jackpot de plusieurs millions de dollars à quelqu'un ? Il serait assailli. Le problème était de faire en sorte que quelqu'un l'écoute assez longtemps pour le croire afin qu'il puisse respecter son échéance. Où pouvait-il coincer une femme dans un endroit tranquille et... *Nom d'un petit bonhomme, la femme de chambre !*

## Chapitre Quatre

**TAYLOR** se leva d'un bond et faillit entrer en collision avec deux personnes.

— Excusez-moi.

Comment s'appelait-elle déjà ? Ally ? La queue de cheval bondissante, de grands yeux bruns et un postérieur superbe jaillirent devant ses yeux. Et cette voix. Même s'il fallait juste feindre, il pouvait assurément écouter cette voix pendant un an.

*Non, attends. Elle a dit qu'elle s'apprêtait à quitter son service. Non !*

Il courut vers la rangée de téléphones fixes et composa les quatre chiffres spécifiés dans le répertoire téléphonique.

— Service d'étage.

— Bonsoir, c'est Taylor Fitzgerald…

— Oui, monsieur, comment puis-je vous être utile ?

— Euh, Ally travaille-t-elle encore ?

Pause.

— Oui, monsieur, cependant elle termine son service dans quelques minutes.

— Pourriez-vous lui demander de venir dans ma suite une minute s'il vous plaît ? Il y a, euh, quelque chose que je voudrais lui demander.

— Euh, monsieur, elle n'aura pas le temps de vous aider avant que son service se termine. Je vais envoyer quelqu'un d'autre. De quoi avez-vous besoin ?

— J'ai besoin d'Ally !

— Excusez moi ?

Le ton de la femme venait de passer en mode plus que suspicieux.

— Excusez-moi. Ce n'est pas ce que je voulais dire. J'ai besoin de lui parler.

— Je pourrais vous la passer au téléphone.

Cette femme ressemblait à un pitbull hispanique.

— Non, je dois lui parler en personne, et je promets que je n'ai pas de motifs infâmes. D'accord ?

— Monsieur ?

Il lança un regard noir au téléphone.

— Je n'ai pas l'intention de la séduire, de la violer ou de la tuer. Est-ce clair ?

— Je ne pensais pas à…

— Bien sûr que vous y avez pensé, et je suis heureux qu'Ally ait de bons amis qui veillent sur elle. Mais je vous le promets, je n'ai que de bonnes choses à lui dire.

— Pouvez-vous me les dire ?

Sa voix contenait un soupçon de sourire maintenant.

— Non.

— Êtes-vous sûr ?

Il rit.

— Je vois également qu'Ally a des amis curieux. Je ne peux vraiment pas vous le dire, mais je vous assure, cela pourrait être une bonne conversation.

— Très bien, je vais lui dire. Je vous appellerai si elle refuse.

Il soupira.

— Je vous appelle du hall de réception et je monte dans ma suite, donc vous ne pouvez pas m'appeler. Dites-lui simplement, 'S'il vous plaît, ne dites pas non'.

— Monsieur, si vous êtes dans le hall de réception, pourquoi avez-vous besoin d'une femme de chambre ?

Il grogna, puis contrôla sa frustration.

— Je n'ai pas besoin d'une femme de chambre. J'ai besoin de parler à Ally. S'il vous plaît. Je ne vais pas lui faire de mal, et je n'ai pas beaucoup de temps. Sérieusement, cela pourrait être bon pour elle, et sinon, eh bien, elle s'en va et rentre chez elle.

Bon Dieu, il aurait dû taire cette dernière partie. Maintenant, ce pitbull était en train de penser qu'il ne laisserait pas partir Ally.

Il entendit la voix marmonner à l'écart de la ligne, puis elle revint.

— Je suis désolé, monsieur, Ally est déjà partie.

— Comment ? Vous avez dit…

— Mes excuses. Je pensais qu'elle était encore là.

— Vous en êtes sûre ?

Sa main serra le combiné du téléphone.

— Oui, monsieur. Avez-vous toujours besoin d'une femme de chambre ?

— Comment ? Oh, non.

Il raccrocha et fixa l'espace. Oui, une part de lui voulait courir jusqu'au service d'étage et battre le pitbull avec un bâton pour le faire attendre si longtemps. Peut-être que si elle avait juste donné le message à Ally tout de suite…

Merde, inutile de pleurer sur des millions perdus. Il retourna aux ascenseurs et appuya sur le bouton. Ses yeux suivaient chaque personne qui passait, mais l'enthousiasme était mort. *Amusant. Pourquoi n'ai-je pas pensé à Ally tout de suite ? Réponse facile. Parce que tu n'as pas cru qu'elle envisagerait de t'épouser, même pour quelques millions.* Elle était peut-être femme de chambre, mais cette fille avait de la classe.

Il soupira. Après l'avoir considérée comme sa femme de façade, personne d'autre ne faisait le poids.

La cloison de l'ascenseur le maintint droit. Il avait tant de choses à faire – quitter son travail étant en tête de liste. La porte s'ouvrit à son étage. Eh bien, il avait son temps et sa passion. Cela, il le donnerait aux enfants des centres de jeunesse – pas que quiconque puisse payer le loyer avec.

Il se traîna dans le couloir qui menait à sa suite, fixant le téléphone qui ne sonna jamais. De sa main droite, il prit la carte-clé, leva les yeux et s'arrêta si net qu'il aurait pu laisser des traces de gomme de chaussures sur un tapis à poil long. Ally se tenait devant sa suite, appuyée contre le mur.

Il essaya de ne pas être trop bruyant en ravalant son souffle. Ally, moins les verres laids et avec des vêtements de ville, était un spectacle pour les yeux. Des jambes longues et minces dans un jean ajusté et une chemise à carreaux rose qui mettait en valeur son teint pâle et ses cheveux roux clair. Adorable. Ses hanches étaient si étroites et sa poitrine si plate qu'elle aurait pu être un garçon, si ce n'avait été pour sa queue de cheval. Un garçon très mignon. De toute évidence, le sexe de Taylor souffrait d'une confusion de genre parce qu'il tressaillit, et Taylor n'était pas intéressé par les filles.

— Bonsoir. Vous êtes venue.

Elle hocha la tête, mais ne sourit pas.

— Vous vouliez me voir. Vous êtes un client VIP et je suis femme de chambre. Cela aurait été mal avisé de refuser.

Ce n'était pas la meilleure façon de commencer.

— Je ne voulais pas que cela ait l'air d'une obligation.

— Oh ?

Les rayons laser derrière ces yeux bruns !

Mince, c'était sa seule chance. Pas le temps de discuter.

— Pourriez-vous entrer une minute ?

Il ouvrit la porte et la tint pour elle.

Un autre signe de tête. Elle passa devant lui et s'arrêta au milieu de l'entrée. Il ferma la porte et indiqua le salon.

— S'il vous plaît, entrez et asseyez-vous.

Elle hésita, puis s'avança dans le salon et se percha sur le bord de l'un des canapés. Il s'assit en face d'elle. Seigneur, comme c'était difficile.

— Euh, vous vous rappelez que j'ai eu un choc pendant que vous étiez là. Une mauvaise nouvelle, hum ?

— Oui. Vous sembliez contrarié au moment où je partais. J'espère que les choses se sont améliorées.

— Pas encore, mais elles le pourraient.

Il prit une profonde inspiration.

— Êtes-vous mariée ou engagée ?

Elle se redressa, la bouche ouverte. Il se leva d'un bond devant elle.

— Attendez. Je me suis mal exprimé. C'est juste que je voulais vous faire une proposition qui requiert que vous ne soyez pas mariée et…

Elle commença à se diriger vers la porte.

— Non, attendez, s'il vous plaît.

Elle continua à marcher.

— Ally, voulez-vous m'épouser ?

D'accord, cela l'arrêta. Elle regarda par-dessus son épaule, et ses yeux auraient pu ressembler à des panneaux de signalisation, tant ils étaient énormes.

— Qu'avez-vous dit ?

Les vannes s'ouvrirent et les mots s'écoulèrent.

— Je vous donnerai un million de dollars pour m'épouser.

*Eh bien, super, Monsieur Subtil frappe encore.*

— S'il vous plaît, asseyez-vous et laissez-moi vous expliquer. Je sais que je vous donne l'impression d'être dingue, mais je suis inoffensif.

Elle le dévisagea et se mit soudain à rire. Elle trébucha en arrière et s'effondra sur le canapé.

— D'accord, je l'avoue, il n'y a pas la moindre chance que je puisse m'en aller sans avoir entendu le reste de cette histoire.

Elle leva une main.

— Mais gardez vos distances au cas où vous seriez aussi fou que vous en donnez l'air.

— Puis-je vous offrir quelque chose à boire ?

Elle jeta un coup d'œil à une montre d'allure fonctionnelle à son poignet.

— Entendu, je ne suis plus en service. Je prendrai une bière.

Taylor utilisa le trajet jusqu'à la cuisine de service pour respirer. Il n'avait pas vraiment réfléchi à tout ça. Elle avait raison. Il devait avoir l'air d'un fou. Diable, il n'était pas trop mauvais avec les hommes, mais être avec une femme le déstabilisait. Ou peut-être était-ce le fait d'être celui qui avait besoin de quelque chose. En affaires, il était assez puissant et riche pour toujours se trouver sur un pied d'égalité. Maintenant, il était un mendiant. La mignonne femme de chambre tenait toutes les cartes. Il était temps d'afficher un visage impassible.

Il attrapa deux bouteilles de bière dans le frigo, les ouvrit, et les versa dans deux verres. Pour un homme, il aurait sauté cette étape. Emportant les bières, il retourna au salon. Elle était assise, penchée en avant, ses coudes appuyés sur ses genoux, regardant sur le côté la vue des milliers de lumières. Son profil, avec son nez aquilin et ses pommettes saillantes, se découpait dans la pièce faiblement éclairée. *Jolie.*

— Et voici.

Il tendit le verre, et elle le prit.

— Merci.

Elle prit une longue gorgée. Nettoyer les chambres devait être un travail qui donnait soif.

Il s'assit en face d'elle et prit une gorgée lui-même.

— D'accord, voici l'affaire. Je vis à San Francisco. Ma famille a de l'argent et je travaille dans l'entreprise familiale. Mon grand-père, qui a lancé l'entreprise, est décédé il y a plusieurs années, et mon père dirige maintenant l'affaire avec beaucoup d'aide de ma part.

— N'avez-vous pas un conseil d'administration ?

Taylor leva les yeux. Ce n'était pas la question à laquelle il s'était attendu.

— Euh, si. Nous en avons un, mais c'est une entreprise privée, alors toutes les personnes qui le composent sont du genre homme de paille. Ils rapportent à mon père.

— Je vois.

Vraiment ?

— De toute façon, je viens de découvrir…

Il regarda sa montre.

— … il y a quelques heures que l'héritage que mon grand-père m'avait laissé contenait une clause inhabituelle. Que mon père m'a cachée.

— Pourquoi ? Il voulait l'argent pour lui ?

— Exactement. Ce qu'il ne m'a pas dit, c'était que je devais me marier d'ici à mon vingt-cinquième anniversaire pour pouvoir le toucher.

Elle haussa un sourcil. Ils étaient beaucoup plus sombres que ses cheveux clairs.

— Papa a été un très méchant garçon.

Toutes les femmes de chambre étaient-elles aussi malignes ?

— Oui. Le problème, c'est que mon anniversaire est demain. En d'autres termes, il commence à minuit ce soir.

— Waouh.

Elle fronça les sourcils.

— Devez-vous vous être marié avant votre anniversaire ou jusqu'à ce que la journée de votre anniversaire soit écoulée ?

Elle prit une autre gorgée de bière.

— Le testament dit *d'ici* mon anniversaire, et je ne peux pas parler à l'avocat qui l'a écrit pour en déterminer le sens, parce qu'il est du côté de mon père.

— Nom de Dieu.

Taylor sourit.

— Ouais.

— Comment se fait-il que vous ayez laissé cela se produire ? Je pensais que vous étiez bon en affaires.

Il faillit rire. Qui était-elle ? Bill Gates ? À la place, il soupira.

— Quand mon grand-père est mort, j'étais un gamin de dix-huit ans occupé à essayer de comprendre sa sexualité. Je l'aimais, et sa mort m'a brisé le cœur. Je n'avais pas d'énergie pour me protéger de mon père.

— Je suis vraiment désolée.

Elle but une nouvelle gorgée.

— Alors, facile. Vous appelez une femme que vous connaissez, vous lui demandez de vous épouser, et vous lui dites qu'elle obtient une part du gâteau.

— C'est pour ça que je suis ici.

Elle balaya la pièce des yeux.

— Alors, où est-elle ?

— Vous vous souvenez de cet appel que j'ai reçu tout à l'heure qui m'a mis dans tous mes états ?

— Oui.

— C'était moi découvrant que la femme à qui j'avais l'intention de faire cette proposition venait d'avoir un accident de voiture et ne viendrait pas.

— Oh mon Dieu.

— Oui.

— Alors, appelez une autre fille.

— Je l'ai fait. Vous.

Elle se pencha en arrière, le denim serré moulant ses cuisses minces.

— Vous devez plaisanter. Vous ne me connaissez pas du tout, et vous voulez que je vous épouse ? Nom d'un petit bonhomme !

Il sourit.

— Vous semblez être quelqu'un de bien.

— Sérieusement, je pourrais être une tueuse à la hache pour ce que vous en savez. Un homme beau comme vous avec de l'argent doit connaître beaucoup de femmes.

Il lui offrit un sourire éclatant.

— Vous pensez que je suis beau ?

— Oh bon sang, qui ne le penserait pas ? Mais ce n'est pas le point, n'est-ce pas ?

Il frotta une main sur sa nuque.

— En effet. Le point, c'est que je suis gay, et les seules femmes que je connais sont des amies qui sont engagées – romantiquement parlant – à d'autres hommes. Je ne peux pas leur demander ça.

— Je pensais que tous les gays avaient des femmes célibataires pour meilleure amie.

— Tous, sauf un.

Elle secoua la tête.

— Il était trop tard pour épouser quelqu'un en Californie, même si je connaissais une femme avec qui je pouvais me marier. Alors j'ai arrangé un rendez-vous à l'aveugle ici, à Vegas, où je peux me marier à n'importe quelle heure du jour ou de la nuit. C'est le seul endroit accessible que je connais où je peux le faire. Le rendez-vous avait été organisé par cette agence de… enfin bref, de toute façon, cela n'arrivera pas. Je suis baisé. Mon père empoche l'argent, ce qui, je suppose, est okay.

— Qui est votre père ?

— Que voulez-vous dire ?

— Comment s'appelle-t-il ?

— Fitzgerald.

Ses yeux s'écarquillèrent.

— Comme dans *Fitzgerald Development Worlwide* ? Non.

Qu'est-ce qu'une femme de chambre pouvait bien savoir de son père ?

— Oui. Comment connaissez-vous son nom ?

— Ma fa… certaines personnes que je connais disent que ce n'est pas un type très sympa. Qu'il construit des trucs qui causent des dégâts à l'environnement et qu'il entube ses clients.

Taylor haussa les épaules.

— Allez-y mollo. Je travaille pour lui. Mais ils ont raison au moins sur le point de l'environnement. J'ai essayé de faire des changements, mais, bien sûr, je vais partir maintenant, alors il sera libre de piller à loisir avec mes cinquante millions.

— Cinquante millions ?

— Oui, soupira-t-il. Bien entendu, il y a une tonne d'impôts et de frais, mais il restera quand même un sacré paquet avec lequel il pourra jouer.

Elle le dévisagea.

— Vous n'avez pas l'air gay.

Sujet ultra-sensible.

— Je sais. Je ne sais pas à quoi ressemble un gay, mais ce ne doit pas être à moi, parce que même moi je dois convaincre les hommes qui me plaisent que je suis sérieux.

— Je parie que beaucoup d'hommes vous apprécient, cependant.

Comme c'était gentil à dire.

— Merci.

— Donc vous avez besoin de quelqu'un à épouser.

— C'est ça.

— Que doit-elle faire ?

— M'épouser avant minuit, venir avec moi à San Francisco pour voir l'avocat de mon père et produire le certificat de mariage, puis probablement traîner dans le coin pendant quelques mois pour avoir l'air au moins convaincante.

— Est-ce que tout le monde sait que vous êtes gay ?

— Oui. Ce qui signifie, bien sûr, que je n'attendrais pas d'elle que nous ayons des rapports sexuels. Mais je dirais à la presse que j'ai été complètement séduit et que j'ai découvert que j'étais bisexuel ou quelque chose comme ça. Je n'ai pas vraiment eu le loisir d'y réfléchir. Je tire dans le noir là.

— La presse ?

— Comme vous le savez, ma famille est du genre très médiatisée.

Cette déclaration lui valut un gros froncement de sourcils.

— La femme devra-t-elle faire des interviews ?

— Non. Quelques images. Rien de plus.

Il l'espérait, en tout cas.

Elle but une nouvelle gorgée.

— Et si elle vous épouse et que vous n'obtenez pas l'argent ?

Eh bien, mince ! Il n'avait pas pensé à ça.

— J'ai de bonnes capacités pour travailler. Je peux trouver un emploi et lui donner son argent, comme une pension alimentaire chaque mois ou une chose dans ce genre.

— Ne devez-vous pas mettre tout ça par écrit ?

— Eh bien, vous êtes une femme de chambre dure en affaires, dit-il en riant.

Elle ne rit pas.

— Quand allez-vous à San Francisco ?

— Ce soir.

Elle se leva et entra dans la cuisine comme si elle possédait les lieux. Bien sûr, c'était un peu le cas, comparé à lui. Elle revint avec deux autres bières et lui en tendit une avant de s'asseoir. Pas de verres, juste des bouteilles.

— Vous avez l'intention de donner un peu d'argent à la femme ?

— Oui.

Il inspira. C'était maintenant ou jamais.

— Je pensais à un million de dollars, mais je serais prêt à aller jusqu'à cinq millions pour la bonne fille.

Elle siffla légèrement entre ses dents.

— C'est beaucoup d'argent.

— Eh bien, je n'aurai pas l'argent sans elle, alors ça me paraît juste.

Elle regarda sa bouteille de bière avec attention, puis elle secoua imperceptiblement la tête.

— J'espère que vous la trouverez.

Elle posa la bouteille, se leva, et marcha vers l'entrée.

*C'était quoi ça ?*

— Attendez. Je vous demandais d'être cette femme. De m'épouser.

Elle ne se retourna pas.

— Je ne peux pas.

— Pourquoi ? Êtes-vous engagée ?

— Non, ce n'est pas cela. Je ne peux simplement pas.

— Vous n'avez pas besoin d'avoir de relations sexuelles avec moi, vous vous souvenez. Je suis gay.

Elle sembla soupirer. Ses épaules se soulevèrent, puis semblèrent retomber. Juste comme ça, elle sortit de la suite.

Il venait d'être frappé à l'estomac. Pendant une seconde, il avait pensé qu'elle envisageait sérieusement sa proposition. Mais non. Il laissa glisser d'entre ses lèvres le souffle qu'il avait retenu. Alors, c'était comme ça. *D'accord, c'est parti pour une nouvelle vie.*

*Ne réfléchis pas.* Il entra dans la chambre, prit le costume et le rangea dans son sac, rassembla sa brosse à dents encore humide, la fourra dans la trousse de rasage, et rangea celle-ci aussi dans son sac. Il ferma le sac, jeta un dernier coup d'œil pour s'assurer qu'il n'avait rien oublié. Ouais, il avait oublié de se faire examiner la tête.

*Tant pis.*

Emportant le sac, il traversa la suite jusqu'au vestibule et ouvrit la porte.

Ally se tenait derrière celle-ci, la main levée. Elle poussa un petit cri surpris, retira sa main comme si elle avait été brûlée, et croisa les bras sur sa poitrine. Elle jeta un œil par-dessus son épaule et passa le seuil de la porte.

*Ne t'affole pas mon cœur.*

— Hé. Vous avez oublié quelque chose ? Comme m'épouser ?

Elle fronça les sourcils, ce qui sembla presque comique sur son joli visage lumineux.

— Quand partez-vous pour San Francisco ?

Elle fixait ses pieds.

Taylor jeta un œil par la porte, mais ne vit rien d'autre que le couloir.

— Je pars maintenant. Les vols partent presque toutes les heures depuis Las Vegas.

Il poussa la porte pour la refermer.

— Et si vous vous mariez ?

Le froncement de sourcils n'avait pas disparu, et elle tenait toujours ses bras serrés autour d'elle.

— Vous voulez dire, quand irai-je à San Francisco si je me marie ?

Elle acquiesça.

— Aussitôt après le mariage.

— Quand a lieu le mariage ?

— À onze heures. Du moins était-il censé l'être. Je vais l'annuler à la réception avant de partir.

— Mais si vous vous mariez, alors vous allez à San Francisco, et vous l'emmenez. Votre, euh, femme ?

— Oui.

Il retenait son souffle.

— Et si je ne vous épouse pas, vous partez. Aucune autre option ?

— Oui. J'en ai terminé. Je ne vois pas d'autre solution.

— Je vais le faire.

Elle retourna tout droit dans la suite.

Longue et lente expiration.

— D'accord.

Des morceaux de sa vie se mirent en place.

## *Chapitre Cinq*

**ALLY** le regarda.

— Aucune chance de célébrer le mariage plus tôt ?

*Eh bien. Maintenant, elle était pressée.*

— Non, le seul créneau disponible était à onze heures.

Elle regarda sa grosse montre imposante.

— Nous avons donc une heure et demie.

— Exact.

Elle marcha jusqu'au canapé et s'assit.

— D'accord.

Des images d'elle, assise là pendant une heure avec ses bras croisés flashèrent dans son esprit.

— Je pensais que nous pourrions aller dîner.

Elle écarquilla les yeux.

— Nous ?

— Euh, oui. Vous mangez, n'est-ce pas ?

— Comme un cheval, mais, vous savez, je travaille ici.

— D'abord, nous vous achèterons une robe de mariée et personne ne vous reconnaîtra. Ensuite, à compter de demain, vous aurez quelques millions de dollars, alors pour quoi vous en souciez-vous ?

Un froncement de sourcils barra très vite son visage ; puis elle sourit en grand.

— Comme ça, nous parlons de quelques millions ? Je suis la 'bonne femme', hum ?

Taylor sourit.

— Oui, m'dame, vous l'êtes.

— Et je ne les aurai pas demain. Il faudra certainement un certain temps avant que vous touchiez cet argent, non ?

— Sans doute. Mais, je ne sais pas combien de temps.

Il alla jusqu'au bureau dans le coin de la pièce et prit un morceau de papier. Dessus, il écrivit, *Je vous dois 5.000.000 $.* Il le signa, revint vers elle, et le lui remit.

Elle rigola et s'étrangla tout à la fois.

— Euh, je doute que cela nous engage légalement.

— Cela nous engage, vous et moi.

Il bougea son doigt entre eux.

— D'accord ? Il serait préférable de ne le montrer à personne à moins que je manque à ma parole, puisque le testament spécifie que ce doit être un mariage d'amour. Ce ne sera pas très convaincant si l'on sait que je vous paie.

— Un mariage d'amour, hum ?

— Oui, c'est ce que ça dit, mais qui sait sur quels critères cela sera jugé.

Elle enroula ses bras autour d'elle-même et plissa ses lèvres en cul de poule.

— Devrai-je vous embrassssser et vous étreinnnnndre ?

Il rigola, mais hocha la tête.

— Pour vous dire la vérité, vous pourriez avoir à faire un peu des deux, mais nous garderons ces démonstrations aussi sobres et discrètes que possible.

Elle fixa ses baskets et croisa les bras.

— D'accord.

— Alors, prête à aller vous acheter une robe ?

Elle croisa ses jambes comme ses bras, ce qui la fit ressembler à un bretzel humain.

— Je ne porte pas beaucoup de robes.

— Oh. Une femme qui n'aime pas faire du shopping ? Quel phénomène !

— J'aime faire du shopping, simplement pas pour des robes.

Un petit sourire s'immisça sur son visage renfrogné et Taylor sourit.

— Que diriez-vous d'aller faire des emplettes pour trouver ce que vous voulez ?

Elle baissa les yeux, puis l'observa par-dessous ses cils très sombres. Des fossettes apparurent sur ses joues fines. C'était la première chose vraiment coquette qu'il la vit faire, et cela lui coupa le souffle. Pourquoi ? Aucune idée.

— Je vais prendre ça pour un oui.

Il se dépêcha de rejoindre sa chambre. *Bouge-toi avant qu'elle change d'avis.* Il cria :

— Je vais me changer maintenant. Ensuite, nous pourrons vous acheter quelque chose de neuf à porter et manger quelque chose avant le... vous savez.

Elle répondit à son tour :

— D'accord.

Mon Dieu, cette voix rauque et chantante qu'elle avait le faisait frissonner de la tête aux pieds.

— Alors, vous n'alliez vraiment pas chercher quelqu'un d'autre si j'avais dit non ?

Il s'avança jusqu'à la porte de sa chambre et regarda le salon. Elle était assise sur le canapé, fixant à nouveau la vue. Pensivement.

— Non. Ce serait bien d'avoir l'argent que mon grand-père m'a laissé, mais traîner une serveuse par les cheveux depuis le casino jusqu'à la chapelle est un peu trop agressif pour moi.

Il lui adressa un sourire éclatant qu'elle lui retourna. *Waouh.* Pourquoi cette fille l'ensorcelait-elle comme ça ? *Allons, homme presque marié, habille-toi.*

Il enfila son costume bleu foncé, sa chemise blanche et sa cravate rouge. Un rapide coup de brosse dans ses courtes boucles blondes et il recula pour se regarder. *Acceptable.*

Il retourna rapidement au salon. Elle leva les yeux.

— Eh bien, mon Dieu, n'avez-vous pas l'air d'un homme d'affaires classique. Et charmant.

Était-ce une mauvaise chose ?

— Je sais que pour un homme gay je suis plutôt du genre conservateur dans ma façon de m'habiller. Mais merci pour la partie 'charmant'.

— Peut-être, allons-nous vous 'rafraîchir' de façon à ce que vous fassiez un peu plus gay, dit-elle en riant. Et pour l'autre chose ? Quand vous voulez.

Seigneur, son sexe semblait croire qu'elle flirtait avec lui.

— Vous connaissez cette ville mieux que moi. Où devrions-nous aller pour faire des achats pour vous ?

Elle se leva et s'approcha de lui, glissant son bras au creux du sien.

— Ne vous inquiétez pas. Vous êtes entre de bonnes mains.

Étrangement, chaque nerf de son corps sembla être d'accord.

Il lui ouvrit la porte, et elle s'avança sur le seuil de la porte, mais regarda prudemment de chaque côté avant de sortir. Peut-être ne voulait-elle pas être vue avec un client. Pourtant, ce n'était pas comme si elle allait avoir besoin de son emploi le lendemain.

Elle lui sourit, mais cela eut l'air un peu tendu.

— Je dois prendre quelques affaires dans mon casier en bas. Que diriez-vous de nous retrouver dehors ? Nous pourrons marcher jusqu'à la boutique que j'ai en tête.

— Bien sûr. Où nous retrouvons-nous ? Juste devant ?

— Non. Pourquoi pas près de cette porte par laquelle vous êtes entré aujourd'hui ?

— D'accord. De combien de temps avez-vous besoin ?

— Donnez-moi dix minutes.

Elle partit dans le couloir au pas de course et disparut par la porte d'escalier comme une biche chassée par un loup.


— ÊTES-VOUS prêt ?

La voix de l'intérieur de la cabine d'essayage ressemblait à de la soie. Taylor tressaillit. Était-il prêt ? *Oh, allez. Tu épouses juste la fille.*

— Sortez.

Le rideau de la cabine s'ouvrit et elle se trouva devant lui. *Putain de merde.*

Les jambes fines d'Ally semblaient deux fois plus longues en pantalon noir ajusté et bottes à talons hauts. Elle portait un chemisier de soie blanche, rentré dans son pantalon, dont le col montant passait sous ses cheveux roux brillants qui pendaient maintenant librement autour de ses épaules. Par-dessus le chemisier, elle avait enfilé une veste en velours turquoise et elle avait enroulé une écharpe imprimée autour du col du chemisier qui était ouvert presque jusqu'à sa taille. Un look totalement androgyne et absolument dévastateur.

*Respire, bon sang.*

— Waouh. Vous êtes superbe.

Elle tourna sur elle-même et réussit à ressembler à une danseuse en le faisant.

— Hé, merci.

— Voulez-vous garder les vêtements sur vous ? Je les paierai et nous pourrons aller dîner.

Elle sourit.

— Vous aimez, vraiment ?

— Mon Dieu, femme, qu'y a-t-il à ne pas aimer ?

Une chaleur remonta dans son cou jusqu'à ses joues. D'accord, peut-être était-il un peu plus enthousiaste qu'un homme gay devrait l'être envers une femme, mais diable, il aimait la mode comme tout le monde.

Elle le regarda.

— Merci, cher monsieur.

La vendeuse qui les talonnait intervint juste à temps.

— Je pense qu'elle est merveilleuse de la tête aux pieds. Une déclaration unique pour un mariage. Maintenant, vous voudrez certainement quelque chose de dévastateur pour la nuit de noces, pour une si belle épouse.

Taylor déglutit.

— Bien sûr.

La vendeuse rayonnait.

— Par ici.

Ally glissa à nouveau son bras au creux de celui de Taylor et sautilla à côté de lui. La femme avait de l'énergie.

Le département lingerie s'avéra être un moment d'embarras d'un bout à l'autre. Ally regarda toutes les robes de chambre à franges et les chemises de nuit, mais sembla porter son choix sur un pyjama de soie blanche qui aurait fait justice à une reine de l'âge d'or du cinéma telle que Greta Garbo. Imaginer les longues jambes d'Ally dans le tissu luxueux fit trembler les mains de Taylor, ce qui était tout bonnement stupide.

— Nous allons le prendre. Et la robe de chambre assortie, d'accord ?

— Un très bon choix, monsieur.

Il regarda Ally.

— Devrions-nous acheter des vêtements décontractés ?

Elle sourit.

— J'ai des vêtements, vous savez ?

— Nous irons faire du shopping à San Francisco, d'accord ?

Son visage s'assombrit un instant, puis elle hocha la tête et sourit.

— J'ai vu une très belle chemise pour vous.

— Et si on gardait ça pour San Francisco aussi ?

Il était trop nerveux pour changer de vêtements maintenant.

Elle hocha la tête et se mit à danser alors qu'il payait leurs achats.

— Pouvez-vous faire livrer à mon hôtel les articles supplémentaires et les autres vêtements de ma fiancée, s'il vous plaît ?

La vendeuse hocha la tête et sourit devant la grosse facture. Ally revint à ses côtés en sautillant, et il lui offrit à nouveau son bras.

— Où devrions-nous dîner ? J'ai fait des réservations dans trois endroits différents en fait et j'ai pensé que vous pourriez choisir.

La vendeuse rit.

— Oh, Seigneur, ma chère. Celui-ci est de ceux qu'il ne faut pas laisser échapper.

À nouveau, un petit pli apparut entre les sourcils soigneusement arqués d'Ally. Il semblait qu'elle n'était pas une menteuse naturelle. Elle avait l'air de prendre la déception de leur relation durement. *Probablement la raison pour laquelle elle avait hésité à dire oui.*

Ils quittèrent le magasin qui était caché dans le Forum du Caesar's Palace. Il regarda de chaque côté de la place bondée.

— Il reste une dernière course à faire avant de manger.

Elle le regarda avec de grands yeux affamés.

— Umm, d'accord.

— Cela ne prendra pas longtemps.

Il regarda le hall de haut en bas avec son plafond projeté qui lui donnait l'impression de se tenir sous un ciel étoilé. *Là.* Il prit son bras et se dirigea rapidement vers le bijoutier.

— Nous avons besoin d'anneaux pour être convaincants.

Elle déglutit avec difficulté et sembla prête à tirer la sonnette d'alarme à tout instant.

Taylor sourit malgré son trac.

— Venez.

À l'intérieur, un homme avec des cheveux gominés et une petite moustache s'approcha d'eux.

— Puis-je vous aider ?

Taylor hocha la tête.

— Nous avons besoin de deux bagues qui nous aillent. Euh, des anneaux de mariage.

— Ah oui, nous avons une bonne sélection de taille pour de tels cas d'urgence.

Il rigola.

— Indiquez-moi un modèle que vous aimez.

Taylor regarda Ally, qui fixait les anneaux comme s'ils pouvaient être vénéneux.

— Lequel préférez-vous ?

— Je ne veux pas que vous dépensiez plus d'argent pour moi.

— Nous avons besoin d'anneaux.

Il repéra un anneau de diamants avec des saphirs intercalés entre chaque pierre brillante.

— C'est joli.

L'homme lui offrit un sourire – un énorme sourire.

— Oui, monsieur, très joli en effet.

— Avez-vous un anneau pour homme qui fasse pendant à celui-ci ?

— Oui, monsieur. Voici.

Il sortit un anneau en platine légèrement plus large avec un saphir incrusté.

— Parfait. Trouvez-les dans notre taille et ils sont vendus.

L'homme mesura leurs doigts et commença à chercher.

Ally saisit son bras, répandant de la chaleur dans sa poitrine.

— C'est beaucoup trop extravagant.

— Hé, nous devons avoir l'air authentique.

Elle regarda l'homme qui ratissait son inventaire de fond en comble comme un fou.

— Ce n'est pas authentique, c'est ridicule.

— Vous ne l'aimez pas ?

Elle secoua la tête, puis s'arrêta et leva les yeux pour le regarder à travers ses cils.

— Je n'ai pas dit ça.

L'homme sembla soulagé lorsqu'il présenta les deux anneaux avec panache.

— J'ai les anneaux parfaits.

Taylor sourit.

— Emballez-les.

Alors que l'homme s'en allait bricoler avec les anneaux, Taylor tendit son téléphone à Ally.

— Regardez donc mes options et dites-moi où nous devrions manger.

Quinze minutes plus tard, ils se présentaient chez Olives et étaient installés dans un coin sombre et confortable, se régalant de pain à se damner et d'une tapenade d'olives.

Elle mâcha avec les yeux fermés, ses longs cils sombres dessinant des demi-cercles sur ses joues.

— Mmmh. J'adore ce pain. Je pourrais juste en manger et être heureuse.

Il secoua la tête.

— Vous donnez l'impression de n'avoir jamais mangé de glucides de votre vie.

— J'ai beaucoup d'énergie, alors je brûle les calories, en fait. Je mange comme un cheval.

Elle prit une autre bouchée et fredonna de contentement à travers ses lèvres tout en mâchant. Pourquoi son sexe pensait-il donc que ces lèvres

pouvaient faire des choses plus utiles ? Sa réaction
envers elle était étrange.

Le serveur arriva, et Taylor demanda une bonne
bouteille de champagne. Puis, ils commandèrent tous
deux le saumon, mais Ally demanda des bonbons au
homard d'abord, ainsi qu'une galette portobello aux
champignons. Taylor s'esclaffa.

— Vous ne plaisantez pas quand vous dites que
vous aimez les glucides.

— Je vous l'avais dit.

Elle prit une autre bouchée de pain, et il l'observa.
Elle inclina sa tête sur le côté.

— Quoi ?

— Vous êtes vraiment belle.

— Êtes-vous censé remarquer cela ?

Les fossettes apparurent sur ses joues.

Il secoua la tête.

— Non, en fait. Je ne cesse de me demander
pourquoi je le fais.

Elle haussa les épaules, mais elle sembla un peu mal
à l'aise. Il devrait sans doute garder ses compliments
pour lui-même.

— Quand avez-vous su que vous étiez gay ?

— Vraiment jeune, mais je l'ai finalement accepté
quand j'ai eu douze ans.

— Les garçons étaient juste trop attirants ?

— Ouais. Je savais que mes réactions envers les
hommes dans les vestiaires n'étaient pas tout à fait
identiques à celles des autres garçons.

— Quand êtes-vous sorti du placard ?

— En dernière année de lycée. J'avais un énorme
béguin pour le chef d'orchestre et je voulais l'emmener
danser à la fête des anciens élèves. À cette époque,

j'étais capitaine de l'équipe de soccer et président de classe, alors je me suis dit : pourquoi ne pas le faire.

— Comment l'a pris votre famille ?

— Vraiment très bien. Elle a été si compréhensive, dit-il avec ironie.

Il frissonna.

— Mon grand-père venait juste de mourir, et bien sûr je réalise maintenant que mon père savait que j'allais hériter de l'argent quand j'aurai vingt-cinq ans et que je serais marié. Il a probablement pensé que je ne me marierais pas puisque j'étais gay. Il pensait qu'il était tiré d'affaire.

— Quel connard.

— Ouais. Je suis heureux qu'il n'arrive pas à gagner.

Elle observa ses mains et lui donna l'impression de se trouver à un million de kilomètres.

Taylor prit une profonde inspiration.

— Alors, peut-être que nous devrions en apprendre un peu plus l'un sur l'autre ? Et essayer de nous tutoyer. Je ne pense pas qu'ils nous interrogeront sérieusement une fois que je produirai le certificat de mariage, mais au cas où, nous devrions probablement avoir une histoire. Comment nous sommes-nous rencontrés, vous voyez ?

— D'accord, que devrions-nous dire ?

— D'abord, ce serait bien si je connaissais votre nom de famille, dit-il en riant.

Elle ne rit pas.

— Oh oui. Je suppose. C'est May. Comme le mois.

— Ally May. Joli. Quant au reste, gardons-le aussi proche de la vérité que possible. Je ne suis pas allé très souvent à Las Vegas, mais je suis venu ici plusieurs fois au cours des trois derniers mois, pour affaires.

— Les affaires de votre père ?

— Oui. Alors, si nous disions que je vous ai rencontrée lors de l'un de ces voyages. Vous étiez femme de chambre, je vous ai entendue chanter et j'ai été charmé, je vous ai invitée à dîner, et le reste est de l'histoire.

Il s'essuya les lèvres sur une serviette.

— Et quand ils demanderont pourquoi vous épousez une femme ?

— Je dirai juste que je suis 'hétéro pour vous'.

Elle rit. Intéressant qu'elle connaisse cette expression.

Il sourit.

— Puisque nous n'affirmerons pas que nous nous connaissons depuis longtemps, il sera logique de ne pas savoir tous les faits l'un sur l'autre, mais nous devrions en avoir certains. Alors, où es-tu née ?

— Juste ici, à Las Vegas.

— Incroyable. Je ne croyais pas vraiment que quelqu'un puisse venir d'ici, en fait. Où sont tes parents ?

Elle baissa les yeux sur sa main.

— Ma mère est morte. Mon père vit ici.

— Vraiment ? Devrais-je le rencontrer ?

Ce serait gênant.

Elle secoua la tête avec emphase.

— Non, nous ne nous entendons pas.

— Que fait-il ?

— Euh, il travaille dans un hôtel.

— Donc, tu ne vis pas avec lui ?

— Sûrement pas. Tu n'es pas le seul à avoir un connard de père.

Le serveur apporta le champagne, l'ouvrit, et le servit. Les bulles pétillèrent dans les flûtes. Lorsqu'il s'en alla, Taylor leva son verre.

— À un avenir intéressant.

Ally sourit, ce qui fit apparaître ses fossettes, et leva son verre.

— Est-ce comme la malédiction chinoise 'puissiez-vous vivre des temps intéressants' [7] ?

— Exactement.

Elle semblait bien informée. Il plongea un gressin dans la tapenade.

— Quel âge as-tu ?

— Vingt-deux ans.

La nappe devint à nouveau très intéressante.

— C'est vrai ?

Elle avait l'air jeune et avait un esprit jeune, mais c'était difficile à dire.

— Oui, c'est vrai.

— Quand tombe ton anniversaire ?

— C'était le mois dernier.

— Tu sais que j'ai vingt-cinq ans. Ou je les aurai demain soir. Je suis né un peu avant minuit.

Il mâcha.

— Tu as dû aller à l'école.

Elle sirota son champagne.

— Pourquoi ça ?

— Désolé. Peut-être que tu lis juste beaucoup.

— Non, j'y suis allée. J'ai fait l'université du Nevada.

— Qu'as-tu étudié ?

---

7 Ancienne malédiction chinoise. Cette expression qui sonne comme un espoir est toujours utilisée de façon ironique, avec l'implication très claire que 'des temps inintéressants', de paix et de tranquillité, pimentent davantage la vie que des 'temps intéressants', ce qui d'un point de vue historique fait généralement référence au désordre et aux conflits. Une seule et même chose regroupe autant d'espoir que de craintes.

— La musique et le théâtre, avec une option en affaires pour plaire à mon père.

— Eh bien, je suis heureux d'entendre cela. Au moins, tu n'ignores pas cette voix magnifique.

Elle le regarda, et ses yeux se voilèrent.

— Merci pour ça.

— Je suppose qu'il y a ceux qui aimeraient que tu ignores cette voix.

Elle hocha la tête et prit une autre gorgée.

— Ton père ?

— Oui.

— La source de la séparation ?

Elle acquiesça à nouveau.

— Mais tu peux sûrement trouver un emploi de chanteuse, dans cette ville.

Il leva ses deux mains.

— Non qu'il y ait quoi que ce soit de mal avec le fait d'être femme de chambre. Mais ne veux-tu pas pratiquer ton art ?

— Peut-être plus tard.

Elle but une nouvelle gorgée.

— Ou peut-être à San Francisco.

Taylor lui offrit un sourire éclatant.

— Bien. Au moins, je peux faire quelque chose pour toi aussi avec cette histoire de fous. Tu auras une nouvelle ville et de l'argent pour lancer ta carrière.

Le serveur apporta la nourriture, qui sentait délicieusement bon. Ally fixa son assiette alors que l'homme s'en allait.

— Euh, à propos de l'argent. Si tu pouvais juste me donner assez pour vivre pendant un petit moment, ce serait bien. Je pourrais essayer de te rembourser après avoir obtenu un emploi. Et bien sûr, je te rendrai cette bague magnifique.

Mais que racontait-elle ? Pourquoi l'épousait-elle si ce n'était pas pour l'argent ?

— Hé, sans toi je n'aurais même pas cet argent. Tu dois en prendre un peu.

Elle fronça les sourcils.

— Mais ce n'est pas le mien.

Il couvrit sa main de la sienne, et un éclair de chaleur remonta droit dans son bras avant de plonger dans ses testicules. *Nom de Dieu !* Elle leva les yeux. Taylor retira immédiatement sa main.

— Désolé.

Il but un peu plus de champagne. Peut-être cela apaiserait-il son sexe tout émoustillé.

— C'est juste que tu vas devoir vivre avec moi pendant un moment afin que personne ne conteste le mariage en le qualifiant de façade. Je sais que les Kardashian peuvent se marier durant quelques heures et s'en tirer, mais je préférerais ne pas le tester. Et si tu dois me supporter, tu dois définitivement prendre un peu de cet argent. Tu le gagneras.

Ses lèvres s'incurvèrent, et elle leva à nouveau les yeux pour l'observer à travers ses cils épais.

— Je ne sais pas. Cela ne me semble pas être une épreuve difficile.

Mon Dieu qu'elle était belle.

Il prit une profonde inspiration et jeta un coup d'œil à sa montre.

— Nous n'avons pas à nous dépêcher, mais nous devrions manger afin de pouvoir retourner là-bas à temps.

Elle hocha la tête et attaqua sa nourriture comme un loup très mignon.

Mais à vrai dire, c'était lui qui avait l'impression d'être un loup.

## *Chapitre Six*

**LES** fontaines jouaient et les lumières brillaient alors qu'ils retournaient à l'hôtel. Ally lui tenait le bras, et cela semblait étrangement naturel, mais la tension dans son corps mince crépitait comme de l'électricité lors d'une journée sèche. Elle s'éclaircit la gorge.

— Euh, je devrais appeler mon amie pour lui dire que je m'en vais. Elle pourra également prendre mes affaires dans mon, euh, casier et les amener dans la suite pour moi. Ensuite, nous pourrons partir directement pour San Francisco.

Elle sortit son téléphone de la poche de sa nouvelle veste.

— Excuse-moi.

— Bien sûr. Est-ce que tu appelles le pitbull hispanique ? demanda-t-il en souriant.

— Qui ça ?

— Quand j'ai appelé le service d'étage pour essayer de te joindre, il y avait une femme qui te protégeait de sa vie. Je l'ai baptisée le pitbull hispanique.

— Très adapté. Elle est tout ça et plus encore. Une très bonne amie. Elle va me manquer.

— Tu peux venir lui rendre visite souvent et la faire venir en Californie quand tu veux.

Elle sourit, mais son haussement d'épaules parlait d'une séparation plus difficile. Que se passait-il ?

Il fit un pas de côté pour lui donner de l'intimité, mais ce n'était pas grand-chose.

Elle composa le numéro et écouta.

— Bonjour, belle Conchita, femme de chambre.

Elle rit, mais sembla un peu triste.

— Je dois te dire quelque chose d'un peu inattendu. Je suis vraiment désolée de te laisser alors qu'il manque de personnel, mais je quitte Las Vegas ce soir.

Elle écouta.

— Je sais, je n'avais pas prévu cela non plus.

Davantage de silence.

— Oui, cela a à voir avec lui, mais s'il te plaît ne le dis à personne. Dis juste à monsieur Roth demain matin que j'ai été appelée à la maison soudainement, d'accord ?

Une pause.

— Pourrais-tu éventuellement mettre mes affaires dans un sac et les laisser dans la suite de monsieur Fitzgerald ? Merci beaucoup, mon amie. Tu vas terriblement me manquer.

Elle s'essuya les yeux.

— Je l'espère. Vraiment. Je t'aime aussi.

Elle raccrocha.

Taylor posa une main sur son bras.

— Hé, tu la reverras. Allons. Tu seras une femme riche.

Elle hocha la tête et sourit à travers ses larmes, mais elle regardait toujours le trottoir.

Ils revinrent à leur hôtel – enfin, son lieu de travail. Elle s'esquiva plus ou moins alors qu'ils avançaient dans le hall de réception. Elle ne devait vraiment pas vouloir que quelqu'un qu'elle connaissait la voie avec lui.

Ils se dirigèrent vers l'atrium, où se trouvait la chapelle. Onze heures moins vingt. *Ouf.* Il regarda devant lui et vit le magasin de fleurs.

— Hé, je pense que la mariée a besoin de fleurs.

Un sourire sincère s'épanouit sur son joli visage.

— Vraiment ?

— Oui, viens. Allons te chercher un bouquet.

À l'intérieur, la boutique ressemblait à un pays enchanté. Comme si toutes les odeurs merveilleuses, à l'exception peut-être du bacon, flottaient dans l'air doux et humide.

Ally respira profondément.

— Imagine travailler ici et avoir juste à respirer ce parfum toute la journée.

— C'est mieux que les produits détergents ?

Ses épaules s'affaissèrent.

— Cela ne me dérange pas de nettoyer.

*Mauvais sujet.*

— D'accord, choisis tes préférées. Les glaïeuls sont peut-être difficiles à porter, mais si tu les veux, elles sont à toi.

— Tout ce que je veux ?

— Tout ce que tu veux.

Ses talons aiguilles cliquetèrent alors qu'elle faisait le tour de la boutique, sentant les fleurs et les effleurant du regard. Taylor sut l'instant où elle trouva ses fleurs.

Comme si quelqu'un avait appuyé sur un interrupteur interne. Elle s'arrêta ; une main vint se poser sur sa poitrine. Elle se pencha en avant et regarda de plus près. Elle battit des paupières et ferma les yeux.

Taylor fit signe à la vendeuse d'approcher.

— Quelles sont ces fleurs ?

— Oh, monsieur, ce sont des pivoines.

— Pouvons-nous en avoir une douzaine, s'il vous plaît ? Ally, préfères-tu les plus claires ou celles qui sont légèrement rosées ?

Elle se tourna, un sourire aux lèvres.

— Oh, je les aime toutes.

Le sourire de Taylor fut éclatant.

— Peut-on avoir un bouquet de fleurs composé, s'il vous plaît ? Quelque chose de facile à porter.

Il déglutit.

— Comme pour un mariage.

La femme battit des mains.

— Êtes-vous sur le point d'entrer à la chapelle ?

— Euh, oui.

— Bien, bien, bien, nous allons faire quelque chose de très spécial.

Ally et elle choisirent la meilleure douzaine, des fleurs lumineuses de toutes les nuances, depuis un rose si léger qu'il était presque blanc jusqu'à un écarlate si profond qu'il correspondait presque à la couleur des joues d'Ally.

La vendeuse se précipita dans l'arrière-boutique avec sa sélection, et Ally sourit timidement, puis retourna flâner et respirer le parfum des fleurs.

Taylor regarda sa montre. Cinq minutes avant l'événement le plus fou, le plus ridicule et le plus terrifiant de sa vie. Ou du moins, ce serait bien si à l'avenir il n'avait pas à faire trop de choses plus folles que celle d'épouser une femme étrange.

La vendeuse émergea du fond du magasin, et elle s'était surpassée. Les fleurs formaient un énorme bouquet aux tons rosés. Elles étaient entourées par la délicatesse de fougères et arrangées avec des rubans blanc et turquoise qui s'accordaient au chemisier et à la veste d'Ally. *Parfait.*

— Oh, magnifique, souffla Ally telle une prière.

La vendeuse tendit les fleurs à Ally et la facture à Taylor qui prouvait d'ailleurs que quoique soit les pivoines, elles devaient être très rares.

— Voulez-vous les mettre sur votre chambre, monsieur ?

— Non. Nous partons ce soir, alors, utilisons le plastique, dit-il en lui tendant une carte de crédit.

Ally serrait le bouquet contre sa poitrine, mais les fleurs tremblaient encore.

En quittant la boutique, il se félicita de ne rien avoir à porter, parce que ses chances de pouvoir tenir quoi que ce soit étaient nulles. Seigneur dieu, il était terrifié. Ally ne semblait pas beaucoup mieux, parce que les fleurs perdraient probablement quelques pétales tant elles tremblaient. Tous deux pouvaient courir droit vers la porte et tout oublier de cette histoire, sauf qu'il y avait de grandes chances que leurs genoux ne les portent pas.

Il tint la porte, et elle en passa le seuil pour se retrouver dans la salle d'attente. Personne ne souriait. Une chanson d'amour à l'eau de rose jouait sur l'orgue à tuyaux. Il déglutit et ne la regarda pas.

— Merci de faire ça, Ally. Je ne te l'ai pas dit, mais j'ai l'intention d'utiliser cet argent pour développer un réseau de centres pour les jeunes gays partout dans le pays. Je veux vraiment donner aux enfants une expérience positive sur qui ils sont vraiment. C'est pour ça que cet argent est si important pour moi.

Elle déglutit péniblement. Même avec l'écharpe, il put voir sa gorge bouger.

— Taylor, je…

La porte de la chapelle s'ouvrit d'un coup, et dévoila un petit homme chauve avec un visage qui aurait pu être peint sur les plafonds par Raphaël.

— Oh bien, vous êtes là. Je commençais à me demander si vous aviez décidé de réfléchir à deux fois, mais je peux voir à votre belle tenue et à ces jolies fleurs…

Il fit un pas en arrière et détailla Ally des yeux.

— … et à la plus belle des jeunes mariées, que personne n'aurait envie de renoncer à ce mariage et s'enfuir.

Et cela prouvait que même s'il avait l'air farfelu, il ne lisait pas les esprits.

— Alors, mon beau, ma belle. Sommes-nous prêts ?

Oh, Seigneur, pouvait-il prononcer les mots ?

— Euh, oui.

— Suivez-moi.

Le pasteur prit Ally par le bras. Elle le surplombait sur ses talons, et ceux-ci raclèrent le sol alors qu'il la conduisait dans la chapelle, qui rayonnait avec les fleurs et les bougies. Le pasteur remonta l'allée d'un pas assuré, en traînant essentiellement Ally avec lui.

Le temps que Taylor les rattrape, Ally fixait le pasteur avec des yeux énormes. Elle semblait vraiment effrayée.

Le petit homme hocha la tête dans leur direction à tous les deux.

— Alors, monsieur Fitzgerald, vous vous tiendrez là, et vous, euh, mademoiselle, marcherez depuis le début de l'allée et le rejoindrez. Cela nous permet de faire quelques photos merveilleuses de la mariée.

— Non !

Elle recula et secoua la tête, les cheveux roux volant avec le mouvement.

— Pas de photos.

— Oh. Oh, ma chère.

Il jeta un coup d'œil à Taylor, qui hocha la tête.

— D'accord. Pas de photos, alors.

Il la regarda comme si elle pouvait fondre en larmes ou éclater de colère, mais elle resta silencieuse, fixant le sol.

— Dans ce cas, je vais passer la cérémonie en revue. Je vous expliquerai quand vous devez répondre. Nous procédons ainsi afin qu'aucune réelle répétition ne soit nécessaire. Tout cela est-il clair pour vous ?

Elle hocha la tête, et Taylor sourit.

— Très bien, alors venez avec moi. Nous allons faire une petite séance de signatures et puis nous commencerons la cérémonie.

Il refit à l'envers le trajet qu'ils avaient emprunté en arrivant, vers les portes, mais tournèrent à droite.

Alors qu'ils marchaient, Taylor tenait le bras d'Ally avec fermeté, le jeu de muscles sous sa veste tout à fait notable – et attirant. Ce devait être tous ces récurages de baignoire.

L'homme pointa du doigt des documents sur la table.

— Veuillez signer ceci.

Ally s'accrocha à son poignet. Il lui sourit. *Aie l'air calme.*

— Allons, doucement, c'est facile.

Il regarda à peine la licence lorsqu'il la signa, il était trop occupé à se concentrer à calmer l'énergie d'Ally.

— D'accord, ton tour.

Elle déglutit péniblement, le regarda comme si elle venait juste de rouler sur le cerf qui s'était pris dans ses phares, prit le crayon et signa *Ally May* en un gribouillage illisible.

Le pasteur applaudit.

— Charmant, charmant. Venez maintenant.

Taylor lui prit la main, ignora l'électricité qui crépitait le long de son bras à la sensation de sa peau chaude, et la tira vers le début de l'allée.

Une femme, assise devant un orgue, commença à jouer la marche nuptiale.

Ally secoua à nouveau ses cheveux roux.

— Non, je ne veux pas remonter l'allée.

— D'accord, nous marcherons ensemble, qu'en dis-tu ?

— D'accord.

Prenant sa main, il commença à marcher, et elle décolla comme s'il y avait un prix récompensant la vitesse à laquelle vous atteigniez l'autel. La femme qui jouait sur l'orgue accéléra la marche de mariage pour la transformer en course nuptiale, et cela fit presque rire Taylor – presque.

Il garda la main d'Ally dans la sienne. Ses fleurs tremblaient comme si Disney les avait animées. Elle les posa sur une chaise de la première rangée.

Le pasteur les contourna puisqu'il était arrivé en dernier, regarda sa montre, et ramassa la bible. *Il doit y avoir un autre couple qui arrive bientôt.*

— Mes très chers frères, nous sommes réunis ici pour unir cet homme et cette femme par les liens sacrés du mariage.

— Taylor ?

Le pasteur s'arrêta.

— Est-ce que tout va bien ? demanda-t-il.

Ally secoua la tête.

— Il y a quelque chose que je dois te dire.

Taylor hocha la tête. *Oh oh.*

— D'accord.

Avec un bruit sonore qui les fit tous sursauter, la porte de la chapelle s'ouvrit à la volée. Un grand homme chauve se tenait sur le seuil, les sourcils froncés, et scrutait la pièce.

Le pasteur s'éclaircit la gorge.

— Si cela ne vous dérange pas, nous sommes en train de célébrer un mariage.

Le froncement de sourcils de l'homme s'accentua.

— Ouais, d'accord. Désolé.

— Voulez-vous vous asseoir et assister à la cérémonie ?

— Euh, non. Je vais rester debout.

Il semblait s'être échappé de *Guys and Dolls* [8].

Le pasteur regarda Ally.

— Mademoiselle, il me semble que vous disiez quelque chose ?

Elle était devenue aussi blanche que la chemise qu'elle portait. Ses grands yeux glissèrent vers la porte, puis à nouveau vers le visage de Taylor.

— Non rien. Continuez, je vous prie.

— Dois-je lui demander de partir ? Il te dérange ? murmura Taylor.

8 Comédie musicale de 1955, *Blanches colombes et vilains messieurs.*

— Non, non. Ne fais pas ça, s'il te plaît.

Mon Dieu, il avait l'impression de la torturer.

— Est-ce que tu veux changer d'avis ?

La porte de la chapelle se referma. L'intrus était parti.

Elle jeta un coup d'œil vers l'entrée, soupira, et regarda ses chaussures.

— Ally ?

Pendant trente bonnes secondes, elle ne dit rien, puis secoua finalement la tête.

— Non. Continuez.

Le pasteur sourit.

— Ah, bien.

Il commença à parler de l'union sacrée du mariage.

D'accord, Taylor se sentit totalement bizarre. Mais diable, les gens se mariaient parce qu'ils buvaient trop et voulaient des souvenirs de Las Vegas. Son union n'était pas la plus étrange – n'est-ce pas ?

— Voulez-vous, Taylor Fitzgerald, prendre légalement cette femme pour épouse ?

— Comment ? Oh oui, je le veux.

— Et voulez-vous, Ally May, prendre légalement cet homme pour époux ?

Taylor serra sa main. Il s'attendait à une autre longue attente, mais elle répondit simplement.

— Oui.

— Avez-vous un anneau ?

Taylor sortit le bel anneau de diamants et de saphirs. Il dut se baisser pour prendre sa main, et elle tremblait si fort qu'il eût de la difficulté à passer la bague, mais elle lui allait parfaitement.

Il lui tendit son propre anneau, et elle réussit à l'enfiler sur le doigt de sa main gauche, mais elle dut s'y reprendre à plusieurs reprises : deux fois, elle faillit le laisser tomber.

Le pasteur applaudit. Probablement de soulagement.

— Vous pouvez embrasser la mariée.

Eh bien, ma foi, il avait oublié cette partie. Elle leva les yeux vers lui, et ses yeux bruns brillèrent. *Oh, elle porte des lentilles de contact. Je me demande pourquoi elle a besoin de lunettes ?* Son souffle sentait la crème glacée à la menthe qu'elle avait mangée en dessert, et cela le fit frissonner. Il se pencha en avant et pressa doucement ses lèvres contre les siennes. Sa bouche était aussi gelée que ses mains – mais douce. Tellement douce.

Il recula, et elle regarda instantanément le sol. Seigneur, son sexe dansait même un peu avec ce baiser. Peut-être que lorsqu'il irait se coucher, il aurait le temps de réfléchir à la raison pour laquelle il répondait comme ça à une femme. Cela ne lui était jamais arrivé auparavant.

Ils signèrent davantage de papiers, et finalement Taylor serra le précieux certificat de mariage dans ses mains. Il sourit à Ally.

— Tu veux prendre un verre au bar pour fêter ça ?

Elle secoua la tête et jeta un nouveau coup d'œil en direction de la porte.

— Non. Prenons juste l'avion.

— D'accord.

Il remercia le pasteur et paya la facture, donna un pourboire à l'organiste, et conduisit une Ally à la mine sombre hors de la chapelle. Elle jeta un coup d'œil alentour, puis marcha d'un pas rapide jusqu'aux ascenseurs. Jusqu'à la suite, elle fixa le plancher. À peu près à mi-chemin, elle soupira.

— Je dois te dire quelque chose.

— D'accord.

Cela ne présageait rien de bon.

*Ding.*

Les portes de l'ascenseur s'ouvrirent, et elle sortit pour se diriger droit à sa suite, ne regardant même pas les murs. Elle s'arrêta devant la porte, attendant qu'il sorte la carte-clé.

Il l'attrapa dans sa poche.

— Ally, j'espère que tout va bien.

Elle secoua la tête.

— Ça ne va pas ?

— Non.

Il prit une énorme inspiration.

— D'accord, allons parler.

Il ouvrit la porte ; elle entra dans le vestibule puis dans le salon. Elle s'arrêta si net qu'il faillit lui rentrer dedans.

— Quoi ?

— Bonjour, Taylor.

*Merde.* L'avocat de son père.

## *Chapitre Sept*

— **QUI** diable vous a laissé entrer ?

*Et comment avez-vous su où venir me chercher ?*

L'avocat de son père, Donald Archer, se leva du canapé.

— J'ai expliqué que j'étais ton avocat et que j'avais besoin de te voir à propos d'un sujet urgent.

Il fixait Ally avec la bouche littéralement pendante.

— Dois-je comprendre que tu es avec une femme ?

— Oui, bien sûr.

Étrange qu'il ne 'voie' pas ça. Il regarda Ally qui regardait l'avocat comme s'il était un serpent. Taylor lui toucha le bras.

— Chérie, pourquoi ne vas-tu pas te mettre à l'aise, et je vais discuter avec Donald un moment avant de venir te rejoindre.

Le sourire de Donald était froid, et il semblait confus.

— Ne vas-tu pas me présenter ?

— Si, bien sûr. Donald Archer, voici Ally May, euh, Fitzgerald, ma femme.

S'il avait eu l'air incrédule avant, maintenant, il était abasourdi.

— Tu es marié ? Avec une femme ?

— Oui, n'est-ce pas pour cela que tu es venu ?

— Euh, non. J'avais quelques affaires à traiter ici et je me demandais ce que tu avais à l'esprit la veille de ton anniversaire. Ce n'est certainement pas ce à quoi je pensais. Excellemment bien joué, même si c'est la plus grande comédie de l'histoire. Lui as-tu dit que tu étais gay ?

Ally le regarda comme s'il était complètement stupide.

— S'il était gay, il ne serait à l'évidence pas marié avec moi, n'est-ce pas ? Beaucoup d'hommes apprécient à la fois les hommes et les femmes.

Elle tourna le dos à Donald et posa une main sur le cou de Taylor.

— Ne sois pas long, chéri. C'est notre nuit de noces. Je serai sous les couvertures.

Ses doigts envoyèrent des étincelles le long de sa colonne vertébrale, la petite diablesse. Avec un balancement de hanches, elle sortit de la pièce, fermant la porte de la chambre. Elle la laissa entrebâillée, cependant. Voulant probablement entendre la conversation.

Donald se rassit.

— Eh bien, eh bien, Taylor, qu'est-ce qui t'arrive ? Même si je dois avouer qu'elle possède en effet tous les charmes pour soulager les appétits d'un garçon comme d'une fille, n'est-ce pas ? Cette petite chose androgyne.

Taylor croisa les bras, mais ne s'assit pas.

— J'admets que cela a joué dans l'attirance. Non que cela soit tes affaires.

— Je suppose que tu as découvert les conditions préalables de l'héritage.

— Tu devrais reformuler cela. Mon héritage. J'ai découvert les conditions préalables de *mon* héritage. L'héritage que tu aurais protégé si tu avais été mon avocat au lieu d'être le larbin de mon père.

Donald eut l'air mal à l'aise – le temps d'une seconde.

Taylor soupira.

— Comment as-tu su que j'étais ici ?

— Nous avons des yeux partout. Quelqu'un t'a vu à l'aéroport.

— Et tu pensais qu'il était important de me suivre ? C'est quoi cette histoire, Donald ? Depuis quand mes déplacements t'intéressent-ils, ou mon père ? Peut-être depuis qu'il pensait qu'il ne mettrait pas la main sur cinquante millions de dollars ?

Les yeux de l'homme s'étrécirent.

— Je suis l'avocat responsable de l'exécution testamentaire, Taylor. Je ne m'inclinerai pas comme ça devant un conte de fées que tu as concocté. Ton grand-père a précisé les termes de ce legs. Je vais m'assurer que les conditions ont été respectées.

— Crois-moi, elles l'ont été.

— Nous verrons.

— Pas vraiment.

— Que veux-tu dire ?

— Je ne reviendrai plus à la maison. Par conséquent, tu n'as pas à suivre tous mes gestes et déplacements. Mon père essayant de me spolier de cet argent est plus ou moins la goutte d'eau en ce qui me concerne. Je quitte la compagnie et la famille juste après avoir récupéré les cinquante millions de dollars que tu me dois.

Donald se leva d'un bond. C'était un homme petit et il devait lever les yeux pour regarder Taylor.

— C'est ridicule. Ton père pensait simplement que tu ne te marierais pas de sitôt. Tu n'as pas manifesté d'intérêt pour un homme en particulier, et il ne voulait pas que les chasseurs de fortune te traquent pour ton héritage. Il pensait que c'était juste une grosse tirelire de toute façon, puisque tu finiras par hériter de sa fortune.

— Oui, après qu'il aura mis à sac l'environnement et volé les veuves et les orphelins de leurs économies, en utilisant mon héritage pour le faire, pour ensuite laisser le solde au parti républicain. Non, merci, Donald. Grand-père me l'a donné, et il est à moi.

Il tira le certificat de mariage de sa poche de poitrine.

— Tu vois ?

— Oui, eh bien, nous verrons. Ton grand-père croyait au mariage et aux relations à long terme. Si je peux prouver que ce n'est rien d'autre qu'un simulacre, alors tu n'obtiendras pas un centime. Et c'est ce que j'ai l'intention de prouver. Toi, épouser une femme. Vraiment ?

Mon Dieu, c'était exactement ce qu'il craignait.

— Dois-je le lui demander ?

Il marcha d'un pas décidé jusqu'à la porte de la chambre à coucher qu'il ouvrit d'un coup. Quelle vision ! Ally était étendue sur le lit dans son pyjama de soie blanche – profondément endormie. Taylor pivota sur ses talons pour se retrouver face à Donald.

— Tu vois ce que tu as fait ? Ma femme s'est endormie sans moi. Sors d'ici.

Donald regarda la chambre depuis la porte.

— Elle est belle, je vais t'accorder cela. Non que tu t'en soucies.

Que pouvait-il faire qui impressionnerait vraiment Donald ? Il traversa la chambre, s'assit sur le bord du lit et rassembla Ally dans ses bras. Elle gémit doucement. Il pressa ses lèvres contre sa gorge. Elle sentait le paradis.

Elle enroula ses bras autour de son cou et captura sa bouche de ses lèvres pleines. Waouh. Pendant une seconde, il se figea. Il n'avait jamais embrassé de femmes, s'il ne comptait pas le petit baiser du mariage. Mais mon Dieu, il avait toujours très vite compris. Il ouvrit la bouche et la douce langue d'Ally se faufila à l'intérieur. Il l'accueillit complètement.

*Zap*. La chaleur se déversa droit dans ses testicules. Il n'avait pas eu de rapports sexuels depuis des semaines. Trop occupé. Et le corps d'Ally semblait être une stimulation plus que suffisante pour une érection instantanée. Son grognement fit vibrer sa poitrine. Ally resserra ses bras autour de son cou. Cela voulait-il dire qu'elle ne faisait pas juste semblant pour Donald ? *Voulait*-elle l'embrasser ? Juste pour lui ? *Oh Seigneur.* C'était bizarre, mais cette idée rendit son sexe deux fois plus dur.

— D'accord, fini la comédie. Je pars dans une heure sur le jet de l'entreprise, cria Donald. Si tu veux rentrer avec moi, tu sais où me trouver.

La porte de la suite se referma avec un bang sonore.

Ally s'assit comme si elle avait été redressée par la corde d'un marionnettiste.

— Il est parti.

D'accord, alors peut-être qu'il n'était pas irrésistible.

— Ouais. Pour l'instant.

Il se déplaça légèrement pour cacher son érection.

— Je suis vraiment désolé, Ally. J'aurais voulu remettre ça à… jamais, en fait.

— Le baiser ? demanda-t-elle tout sourire.

— La confrontation avec Donald. Je pensais que je pouvais t'épargner cela, au moins pour un temps.

— C'est bon. Tu l'as affronté, pas moi.

Il sourit.

— Mais tu m'as rendu plus que service.

— Hé, tu as dit que nous devions être convaincants.

Taylor eut droit à l'un de ces longs regards lancés au travers des cils sombres et épais d'Ally. Des cils qui ne correspondaient pas du tout à la couleur de ses cheveux, mais le mascara était une chose merveilleuse.

Taylor s'appuya sur son avant-bras sur le lit.

— Puisqu'il est officiellement au courant maintenant, si tu veux rester ici pour un jour ou deux, nous pouvons.

— Aaah ! s'exclama-t-elle avec un dégoût teinté de surprise. Non. Non, je dois partir maintenant.

— D'accord, bien sûr.

— Peut-être que nous pourrions prendre le jet dont il a parlé ?

Elle commença à se débarrasser du pyjama, et elle portait toujours le pantalon noir et le chemisier en dessous.

— Tu veux vraiment voyager avec lui ?

Elle sortit du lit d'un bond, fourra son pyjama dans un sac que son amie avait dû laisser dans la suite, et attrapa sa veste sur la chaise à côté.

— Ce serait facile, non ?

— Je préférerais autant prendre un vol commercial. Je ne me réjouis pas de passer deux heures de plus avec Donald. Mais oui, nous pouvons partir maintenant.

Il se leva et attrapa son sac, toujours très à côté de la porte de la chambre. Il la regarda.

— Attends une minute, veux-tu. Tu allais me dire quelque chose d'important avant que Donald se montre. Qu'est-ce que c'est ?

Ally l'observa une minute, puis sortit de la chambre pour se rendre dans l'immense espace de vie. Lorsque Taylor la suivit, elle se tenait près de la fenêtre, regardant les lumières, tenant ses fleurs.

— Je t'ai menti.

— D'accooord.

— Je ne suis pas la personne que j'ai dit que j'étais.

— Pardon ?

— Je me cache de mon père.

La bouche de Taylor s'ouvrit et se referma.

— Quoi ?

Elle se tourna pour lui faire face, la tension raidissant chaque muscle de son corps.

— Je ne suis pas femme de chambre. Je veux dire, je le suis, mais je ne l'étais pas jusqu'à il y a trois semaines. Ma famille est originaire du Brésil. Je suis née ici et j'ai toujours vécu ici. Mon père a découvert que j'étais – euh…

Elle se tourna à nouveau vers la fenêtre.

— … que je ne poursuivrais pas, euh, mes études comme il l'avait décidé, alors il a prévu de me renvoyer au Brésil pour épouser une personne qu'il a choisie pour moi. Je me suis enfuie. C'est pour ça que je travaillais comme femme de chambre.

Taylor secoua la tête.

— Nom de Dieu, Ally.

— Il surveille les aéroports et les autres centres de transport. J'ai changé la couleur de mes cheveux, mais il pourrait toujours me reconnaître. Je ne possède que le peu d'argent que j'ai gagné en tant que femme de chambre, mais je peux survivre si je peux quitter Las Vegas. Lorsque tu as fait ta proposition, eh bien, je l'ai vue comme une voie de sortie.

— Waouh.

Son cul toucha le canapé avant qu'il sache qu'il était en train de tomber.

— Je suis vraiment désolée. J'aurais dû te le dire, mais j'ai paniqué.

— Le type qui est entré dans la chapelle…

— Oui, l'un des hommes de mon père.

— Et il fait ça uniquement parce que tu ne veux pas faire une école de commerce ? Vraiment ?

Elle regarda par la fenêtre et hocha la tête.

— En résumé, tu avais besoin de moi tout comme j'avais besoin de toi.

— Oui.

Intéressant comme cela le rendait triste. *À quoi t'attendais-tu donc ?*

— Tu as plus de dix-huit ans et tu es citoyenne américaine, n'est-ce pas ?

Elle opina.

— Tu es maintenant une citoyenne américaine mariée. Je ne suis pas avocat, mais je pense que cela limite, voire annule, les droits que ton père a sur toi.

Elle fronça les sourcils.

— Tu ne connais pas mon père. En plus, s'il me sort du pays, mes droits peuvent aller se faire voir, je doute de remettre un jour les pieds dans ce pays.

— Moi qui pensais avoir un père merdique.

Elle leva les yeux au ciel et s'effondra au bout du canapé.

— Il m'aime, en fait, mais son père était un gangster, et il a de la difficulté à sortir de ce mode de conduite. Il pense qu'il devrait régenter ma vie.

Taylor se laissa tomber en arrière sur le canapé.

— Je suppose que nous pourrions juste rester dans cette suite d'hôtel pour toujours.

— Non. Il finirait par me trouver.

Il se redressa brusquement et se leva en un seul mouvement.

— D'accord, j'ai dit que nous allions à San Francisco après le mariage. Tu as rempli ta part du marché. Je remplis la mienne.

Elle baissa une nouvelle fois les yeux sur ses chaussures. *Quoi ?*

— C'est ce que tu veux, n'est-ce pas ?

— Oui.

Elle leva la tête, et plissa les yeux.

— Oui, répéta-t-elle avec plus de fermeté, en se levant elle aussi. Allons-y.

Ally fouilla dans son sac pendant qu'il téléphonait à la réception pour avoir une limousine. Puis, ils se retrouvèrent devant la porte de la suite. Ally pointa le couloir du menton.

— Il vaudrait mieux que je descende par l'ascenseur de service.

— Veux-tu que je t'accompagne ?

— Non. Les hommes de main de mon père font subir un vrai interrogatoire au personnel. Quelqu'un est susceptible de nous voir, et finira par me reconnaître.

— Alors tu viens avec moi. Je me sentirais mieux si je peux te voir et savoir que tu vas bien.

Elle toucha son bras avec légèreté.

— Merci. Mais s'ils t'ont vu entrer ici seul, le fait que tu partes avec une femme peut avoir l'air suspect.

— Mais cette armoire à glace nous a vus nous marier.

Elle fronça les sourcils.

— C'est vrai.

Elle trembla comme un chiot effrayé.

— Pourtant, je pense qu'il vaut mieux qu'on ne me regarde pas de trop près.

Elle pressa les fleurs contre son nez, puis les lui tendit.

— Là. Prends-les. Je te retrouve à la limousine.

Elle regarda de chaque côté du couloir puis courut vers la sortie qu'il l'avait vue prendre plus tôt.

En se déplaçant plus lentement, Taylor laissa cinquante dollars sur la commode en espérant que ce soit l'amie d'Ally qui les récupère, puis prit une profonde inspiration et se dirigea vers l'ascenseur avec son sac. Le sac n'était pas lourd. La vie l'était. Il était marié à une femme étrange qui voulait échapper à son père autocratique. Bizarre. Mais le fait était qu'il aimait cette petite beauté. Il l'aimait beaucoup. Et s'il en retirait cinquante millions pour les centres de jeunesse, alors il prendrait du bizarre sur ses toasts pour le petit-déjeuner. Avec un sourire, il pressa le bouton de l'ascenseur.

Devant l'hôtel, la limousine qu'il avait commandée était garée sous le portique. Il demanda au chauffeur de faire tourner le moteur et d'attendre tandis qu'il regardait par la vitre arrière. La porte de service se trouvait à mi-chemin de l'accès latéral à l'hôtel, bloquée par du feuillage. Ally sortit soudainement de derrière ce feuillage, portant son sac et se déplaçant rapidement, mais sans avoir l'air de fuir quelque chose d'effrayant. Taylor ouvrit la porte, et une main se tendit et la saisit. Un grand rouquin se pencha, sourit, et lui offrit un petit salut. Le portier recula et tint la porte ouverte. Ally ralentit son allure.

— Oh, salut, Ally.

Le portier sembla intéressé.

— Hé, Junior.

— Tu montes là-dedans ?

— Euh, oui. Merci.

Elle se glissa à l'intérieur, installant ses longues jambes dans la voiture, tendit la main vers la porte, la saisit, et la claqua, l'arrachant de la main du portier. Avec un signe d'au revoir à Junior, elle frappa sur la jambe de Taylor.

— On y va !

Taylor se pencha en avant.

— Nous sommes prêts. Allons-y.

— Eh bien !

Elle se tordit sur le siège et jeta un coup d'œil derrière elle. Taylor suivit son regard. Junior n'avait pas bougé et suivait la voiture des yeux.

— Es-tu inquiète pour lui ?

Elle haussa les épaules.

— Pas vraiment. Je ne voulais rien faire qui soit mémorable, c'est tout. Junior est un type assez gentil, mais...

Elle haussa à nouveau les épaules et se réinstalla sur le siège confortable.

Taylor se pencha en avant et sourit au chauffeur.

— Excusez-nous. Jeunes mariés, dit-il avant de relever le panneau entre la partie avant et arrière du véhicule et de se tourner vers Ally.

— Alors, à quoi devons-nous nous attendre à l'aéroport ?

Elle secoua la tête.

— Je ne suis pas sûre. Je ne m'en suis jamais approchée. Mais il est arrivé à mon père de rechercher d'autres gens, et il a posté des gardes sept jours sur sept et vingt-quatre heures sur vingt-quatre près des accès aux terminaux.

— Fait-il cela souvent ?

— Assez souvent.

— Comment les reconnaîtrons-nous ?

— Tu as vu l'homme à la chapelle ? Considère-le comme un modèle.

— Mince. D'accord, j'imagine que nous jouerons cela à l'improvisation. Je pense qu'il vaut mieux que tu restes avec moi. Ils pourraient être un peu moins susceptibles de t'identifier si tu es avec quelqu'un d'autre.

— Je pense qu'ils s'attendent à tout et recherchent n'importe quoi.

— Tu as dit que cela faisait trois semaines ?

— Oui.

— Ils sont probablement fatigués et sur les nerfs comme maintenant.

Elle appuya sa tête en arrière.

— C'est certainement vrai.

Il tendit la main et attira sa tête contre son épaule.

— Tu dois être épuisée.

— Tu gères autant d'ennuis que moi.

Elle blottit sa tête plus près de son corps.

— Oui, mais pas depuis aussi longtemps. Repose-moi la question dans deux semaines.

Elle soupira, et sa tête se fit un peu plus lourde.

Le temps que la limousine s'arrête devant la compagnie aérienne, la respiration d'Ally s'était faite douce et lente. Seigneur, il détesta devoir la réveiller.

— Ally.

— Mmh ?

Ses yeux s'ouvrirent d'un coup, et elle redressa la tête si vite que celle-ci faillit heurter son menton. Hypervigilance. Peut-être verrait-il le jour où elle dormirait réellement d'un sommeil de plomb toute la nuit.

— Nous y sommes.

— Oh, d'accord.

Elle attrapa son sac.

Il posa une main sur son bras.

— Faisons un peu de reconnaissance.

Il regarda par-dessus son épaule par la fenêtre de la limousine.

— Pourquoi ne sortirais-tu pas de l'autre côté, juste pour qu'il y ait un véhicule entre toi et un possible dur à cuire.

— D'accord.

Elle se courba et glissa devant lui vers la porte opposée tandis qu'il descendait du côté trottoir. Des hommes d'affaires le dépassèrent, en route vers leurs réunions matinales, et puis il y avait quelques parieurs ivres et une mère frénétique avec trois enfants plus qu'épuisés. Personne qui ressemblait à une montagne géante et malveillante.

Il se dirigea vers le coffre de la limousine, où le chauffeur déposa son sac sur le trottoir. Piochant dans sa poche pour récupérer de l'argent, il tendit une main à Ally qui se tenait derrière le véhicule. Ses yeux étaient tellement écarquillés qu'ils reflétaient les lumières du terminal. Il sourit.

— Hé, mon cœur, rentrons à la maison, d'accord ?

Il monta la voix assez haut pour être entendu.

— Je suis désolé que tu ne te sentes pas bien. Nous reviendrons à Vegas une autre fois.

Ally sembla perplexe pendant une demi-seconde, puis un petit sourire étira ses lèvres et elle se glissa sous son bras pour qu'il puisse la câliner pendant qu'ils marchaient.

— Je suis désolée d'avoir ruiné nos vacances, chéri, dit-elle avec une voix de fausset un peu folle. Mon Dieu, crois-tu que je suis enceinte ? Je suis impatiente de voir le médecin quand nous serons rentrés.

Il se mordit la langue pour ne pas rire. Six ou huit mois avec cette femme ne seraient pas mal. Pas mal du tout.

Dans l'aéroport, il regarda les alentours, mais personne avec un air menaçant n'apparut, alors il se dépêcha vers le bureau des premières classes et demanda deux billets sur le prochain vol vers San Francisco, qui partait dans quarante-cinq minutes.

— Puis-je voir vos cartes d'identité, s'il vous plaît ? demanda la femme derrière le comptoir.

Ils produisirent leur carte, et Taylor retint son souffle, même s'il avait fait cette même chose des centaines de fois dans sa vie.

— Oh, j'ai oublié. Il y a une addition à la carte d'identité d'Ally.

Il sortit le certificat de mariage.

L'agent de bord sourit.

— Eh bien, félicitations. Mais jusqu'à ce que vous fassiez changer votre pièce d'identité, madame

Fitzgerald, nous devrons émettre les billets sous votre
nom de jeune fille.

Ally hocha la tête.

— D'accord.

— Des bagages ?

Taylor secoua la tête.

— Seulement des bagages à main. Elle porte
toujours sa tenue de mariage.

— Et elle est magnifique, je dois dire. Alors vous
deux avez fait un rapide aller-retour ?

— Oui, nous avons toujours voulu nous marier à
Vegas, maintenant nous rentrons à la maison.

Elle leur remit les tickets.

— Félicitations. Je vous souhaite un bon vol.

Ils se dirigèrent vers la porte d'embarquement.
Ally lui jeta un coup d'œil.

— Un aller-retour ?

— Oui. Nous sommes ce gentil couple de San
Francisco qui est venu à Las Vegas pour se marier.

Le sourire d'Ally apaisa presque son anxiété.

## *Chapitre Huit*

—**ATTENDS !**

Taylor tira Ally sur le côté, dans un magasin de souvenirs. Ils avaient beaucoup de chapeaux, et il acheta une casquette de livreur de journaux qui affichait Las Vegas sur le devant.

— Mets tes cheveux là-dessous.

Elle souleva une de ses mèches.

— Ce n'est pas ma véritable couleur.

— Alors, laisse juste dépasser ce qu'il faut pour montrer qu'ils sont roux, mais pas trop afin qu'ils ne puissent dire si tu es un garçon ou une fille.

Elle déglutit avec difficulté.

— Non. Euh, mes cheveux étaient plus courts avant, euh cette année. Je ferais mieux de les laisser lâchés et de mettre la casquette par-dessus.

— Ah d'accord.

L'effet était, bien sûr, adorable. Elle inclina la visière très bas.

Il attrapa une paire de grandes lunettes de soleil carrées, lui enleva ses lunettes et les remplaça.

— Là. Pour compléter l'image.

— Est-ce que cela ne va pas attirer beaucoup d'attention ? Je ressemble à Audrey Hepburn dans *Charade*.

Il rit, mais c'était entièrement vrai.

— Non, beaucoup de gens portent des lunettes de soleil dans l'aéroport.

— D'accord.

Elle mit l'accessoire en place, il paya, et ils avancèrent dans la très courte ligne de sécurité.

— Continue simplement de regarder ton téléphone afin d'avoir la tête baissée.

À part pour regarder l'officier qui vérifia sa carte d'identité, Ally fixa ce téléphone comme s'il contenait toute la sagesse des siècles écoulés.

Dieu merci, la sécurité n'était pas débordée. En l'état, ils arrivèrent à la porte d'embarquement au moment où l'hôtesse de l'air commençait l'annonce du pré-embarquement.

— Nous sommes en première, dit Taylor, alors nous serons dans cet avion dans quelques minutes.

Le regard d'Ally se déplaçait aussi vite qu'un colibri en vol stationnaire.

Taylor se pencha vers elle.

— Ne t'inquiète pas, ton père ne peut pas te marier à quelqu'un d'autre. Tu es déjà mariée.

— Il trouvera un moyen.

— Nous invitons les passagers qui ont besoin d'un temps d'embarquement supplémentaire et les familles avec des enfants en bas âge à la porte d'embarquement, s'il vous plaît.

Taylor lui tenait la main. Elle leva les yeux, lui sourit, pâlit en un instant, et serra sa main si fort qu'il sursauta. Elle baissa la tête, la rentrant dans ses épaules comme une tortue, et se tourna en faisant un demi-cercle.

— Regarde.

Il commença à lever la tête.

— Non, ne regarde pas !

— Qu'y a-t-il ?

— L'un des hommes de mon père vient juste de s'avancer.

Sa main comprima la sienne, comme dans un étau.

— Oh, mon Dieu, il se dirige vers l'endroit où l'hôtesse vérifie les billets. Seigneur, Taylor, nous ne pouvons pas passer.

— Il peut ne pas te connaître.

Elle secoua la tête frénétiquement.

— Je connais cet homme. Il travaille pour papa depuis des années. Il me reconnaîtra.

Une larme s'échappa de son œil.

Il leva les yeux dans la direction opposée de la porte d'embarquement.

— Tu vois les toilettes pour dame ?

Elle acquiesça.

— C'est ta cible.

— Comment ? Non, je ne peux…

Elle s'interrompit, leva les yeux vers lui, avant de les baisser à nouveau.

— D'accord, très bien.

C'était quoi ça ?

— Quand ils appelleront le prochain groupe et que les gens avanceront, dirige-toi vers les toilettes à toute vitesse, comme si tu devais vraiment y aller avant de monter dans l'avion. Attends quelques minutes. Mets tes cheveux sous la casquette, retire ta veste, et dirige-toi dans la direction opposée, vers la sécurité.

— D'accord. Que pouvons-nous faire ?

— Je vais réfléchir à quelque chose. Je te retrouverai dans ce magasin où nous avons acheté la casquette.

Elle hocha la tête, écarquilla les yeux, serra son ventre, et pointa les toilettes. Après cet intrigant morceau de pantomime, elle décolla comme un lapin monté sur des talons aiguilles et disparut derrière les portes marquées du symbole des toilettes pour dame.

Taylor expira lentement. Il ne voulait pas dire à Ally qu'à l'instant où ils ne se présenteraient pas pour embarquer, l'hôtesse de l'air commencerait à appeler leurs noms par l'interphone. *Tu penses que les sbires de son père pourraient remarquer ça ? Merde.*

Un important groupe de personnes sortit d'un autre avion et marcha vivement vers la zone de retrait des bagages. Taylor s'avança parmi eux et les laissa le cacher alors qu'il se dépêchait de quitter le terminal avec son bouquet géant de pivoines. Ce n'était pas comme si quelqu'un pouvait le reconnaître, mais on pouvait remarquer quelqu'un quittant la zone d'embarquement alors que cette personne semblait avoir été sur le point de monter dans l'avion. Quelques mètres plus loin, il regarda en arrière. L'homme se démarquait dans la foule comme un rhinocéros dans un troupeau de gazelles, son grand corps se déplaçant, tournant en cercle, son regard balayant la foule. Taylor tressaillit et se fondit au centre du groupe mouvant d'hommes.

Il arriva à la boutique et trouva Ally dans le fond avec un magazine devant les yeux. Il l'attrapa par la main.

— Viens. Je n'ai pas vu d'autres malabars dehors.

Elle le suivit hors du terminal, puis dans la ligne d'attente des taxis. Lorsque leur taxi s'arrêta, Taylor se pencha pour parler au chauffeur.

— Nous allons seulement à Liberty Aviation, mais je vous donnerai un gros pourboire.

L'homme hocha la tête. Taylor ouvrit la porte et… *merde !* Le géant et un autre homme du même acabit sortirent du terminal, regardant de chaque côté. Taylor jeta pratiquement Ally dans le taxi et sauta derrière elle.

— En route. Dépêchez-vous. Euh, nous sommes en retard.

Ally se tourna et regarda par la vitre arrière, puis baissa la tête.

— Qu'est-il arrivé ? Pourquoi nous poursuivent-ils ?

Il posa un doigt sur ses lèvres et dit doucement :

— Quand nous ne nous sommes pas montrés, la compagnie a commencé à appeler nos noms par l'interphone. Ils ont entendu l'annonce et ont su que quelqu'un s'était fait la malle. Je ne pense pas qu'ils nous aient vus.

Elle secoua la tête désespérément.

— Non, mais ils savent que je m'appelle Ally.

Il ne fallut que quelques minutes pour se rendre à Liberty. Tandis qu'ils approchaient, le jet d'affaires brillait dans les lumières extérieures de son hangar, le mot *Fitzgerald* imprimé sur son flanc. Son père ne faisait pas dans le discret. *Ouf. Dieu merci, il était encore là.*

Il remit cent dollars au chauffeur et reçut un immense sourire en retour.

— Allez, viens.

Il aida Ally à sortir du taxi.

— Tu peux retirer la casquette. Il est peu probable qu'ils pensent à te chercher ici.

D'un mouvement du poignet, la casquette vola et les cheveux roux se répandirent autour de sa tête. Elle poussa un bruyant soupir.

— Rejoignons-nous ton serpent d'avocat dans l'avion ?

Cela déclencha un sourire.

— J'ai bien peur que nous n'ayons pas le choix.

Elle s'arrêta au milieu du tarmac.

— Ne vaudrait-il pas mieux que tu me dises certaines choses que ta nouvelle femme devrait savoir ?

— J'ai un tatouage sur la fesse gauche qui dit : Queer Power.

— Non, tu n'en as pas.

Elle le regarda du coin de l'œil.

— Si, j'en ai un, en fait, même si je doute que Donald le sache. C'est le résultat de bien trop de margaritas et de la proximité malheureuse d'un salon de tatouage.

— D'accord, c'est bon.

— As-tu un tatouage ?

— Non.

— Est-ce que tu parles le portugais ?

— Un peu. Je n'ai jamais vécu au Brésil, mais mon père le parlait parfois à la maison.

Elle plaqua une main sur sa bouche, puis leva les yeux vers lui.

— Que dois-je dire à propos de ma famille ?

— Restons aussi près de la vérité que possible. Ton père est brésilien, mais disons qu'il vit au Brésil. Euh, quelle ville ?

— Salvador.

— D'accord. Que fait ton père ?

Elle inspecta ses chaussures.

— Il travaille dans un hôtel.

Taylor fronça les sourcils.

— Il a des hommes de main du genre qui pourrait appartenir à la mafia et il est quoi, portier ?

Elle écarta les bras.

— Pour l'histoire, idiot. Tu as dit de rester proche de la vérité. Je dirai qu'il est directeur d'hôtel.

— Que fait-il réellement ?

Elle haussa les épaules.

— Il est directeur d'hôtel.

— Taylor ?

Taylor leva les yeux alors que Donald s'avançait vers eux avec un sourire plaqué sur le visage.

— Je vois que tu as décidé d'accepter mon invitation.

— Puisque c'est mon avion, Donald, peut-être est-ce davantage l'inverse ?

Il haussa un sourcil.

— On essaie d'impressionner la jeune dame, c'est ça ? Puisque tu prévois de quitter l'entreprise, je pense que tu peux difficilement affirmer que cet avion est le tien.

Ally illumina la piste avec un grand sourire.

— Oh, monsieur Archer. Il était juste contrarié que vous nous ayez suivis. Taylor n'a pas l'intention de quitter l'entreprise. Après tout, elle sera à lui un jour, n'est-ce pas ?

— Eh bien, eh bien. Comme c'est intéressant que tu aies épousé une femme raisonnable.

Taylor passa un bras autour des épaules d'Ally. Comme il était intéressant qu'il ait épousé une actrice digne d'un Oscar. Diable, il était plus qu'intéressant qu'il ait épousé une femme, tout court.

Ally ne sembla pas aussi impressionnée par le jet qu'il l'eût pensé. Peut-être juste fatiguée et nerveuse.

Elle s'installa dans l'un des sièges confortables, accepta un verre de champagne de l'hôtesse comme la reine de Saba, et regarda par la fenêtre alors qu'ils décollaient dans la nuit.

Taylor passa un bras autour d'elle. Elle leva les yeux et sourit, et son cœur se serra. Elle était douce. Comment avait-il pu être aussi chanceux ? Eh bien, elle laissait probablement des cheveux dans l'évier et du dentifrice sur le miroir. Non qu'il le saurait, puisqu'elle aurait sa propre chambre.

Lorsqu'ils atteignirent l'altitude de croisière, Donald revint vers eux, et Ally battit des paupières avant de fermer les yeux.

— Je vois clair dans ton jeu, impudente, murmura Taylor. Laisse-moi faire le plus dur.

Ses lèvres tressaillirent, mais elle ne bougea pas.

Donald tourna le siège devant Taylor afin qu'il lui fasse face et s'assit.

Taylor posa un doigt sur ses lèvres.

— Elle est épuisée.

— Je suppose que c'est le milieu de la nuit, maintenant. Je pensais que vous deux étiez partis pour une nuit de folle passion.

— En fait, c'est entièrement de ta faute si nous ne sommes pas à la tâche. Elle t'a entendu dire que nous pouvions voler avec toi dans le jet, et elle voulait le faire.

— Oh. Elle apprécie les belles choses. Fais attention, Taylor. Tu as évité d'épouser un homme qui aurait pu en avoir après ton argent. Peut-être que tu as épousé une femme chercheuse d'or à la place.

— Ne sois pas prétentieux. Elle est seulement jeune et enthousiaste.

— Je suppose que nous verrons.

Il sirota son champagne et regarda par la fenêtre.

— Alors, j'imagine que Laughton sait où je suis.

— Oh oui. C'est la première personne que j'ai appelée quand je t'ai trouvé, naturellement.

Bon sang, il ne voulait pas demander, mais il voulait savoir.

— Qu'a-t-il dit ?

— Quelques jurons. Quelques éclats de rire.

— Il pense que mon mariage est amusant ?

— Taylor, tu as passé les cinq dernières années à te balancer au chandelier en annonçant que tu étais bel et bien homosexuel. Épouser soudain une femme n'est pas un mouvement terriblement convaincant, tu dois l'admettre.

— L'amour est l'amour, et son fonctionnement est mystérieux.

— Épargne-moi tes slogans de bas étage. Je sais que tu as préparé ce simulacre, et je le prouverai.

— Tu es déterminé à ce point à me déposséder de mon héritage légitime ?

— Qu'il soit légitime ou non peut être discuté, mais disons que je suis aussi engagé à te voir suivre les règles que tu l'es à l'évidence à les briser.

*Bon sang.* Qu'était-il prêt à subir pour cet argent ? Qu'était-il prêt à faire subir à Ally pour cet argent ?

— Je pense que je vais prendre quelques minutes de repos.

Donald sourit, mais son sourire était très loin d'atteindre ses yeux.

— Bonne idée. Tu vas avoir besoin de tous tes esprits.

Il rit et retourna à l'avant de la cabine.

Taylor posa sa joue contre les cheveux d'Ally. Ils sentaient la cannelle. Il adorait la cannelle. Okay, il reconnaissait qu'il avait été un peu déçu quand il avait découvert qu'Ally avait une arrière-pensée pour le suivre, aussi grosse que la sienne pour l'épouser, mais maintenant il se sentait heureux. Si elle devait traverser la montagne de conneries que Donald et son père leur serviraient, il était préférable qu'elle obtienne quelque chose de vraiment précieux.

— **JE** n'ai pas eu le temps de te préparer une chambre ni quoi que ce soit d'autre, avant de partir d'ici en catastrophe.

Taylor déverrouilla la porte de son appartement et l'ouvrit pour une Ally très fatiguée. Dans l'avion, elle était passée du stade de feindre d'être endormie à celui de ronfler, et il avait pratiquement dû la porter jusqu'à la limousine de Donald, où elle avait dormi avec sa tête sur les genoux de Taylor. Maintenant, sa tête se balançait, et elle vacillait sur ses talons aiguilles.

— Oh, merde.

Il prit leurs sacs et les jeta devant la porte, puis la prit dans ses bras et lui fit franchir le seuil en la portant. *Humm, elle est plus lourde que sa silhouette mince le suggère. Tous ces muscles fermes.* Il ferma la porte derrière lui d'un coup de pied et baissa les yeux sur ses longs cils noirs, qui ressemblaient à de minuscules éventails sur ses hautes pommettes. *Je me demande de quelle couleur sont ses cheveux.*

— Eh bien, je viens juste de porter ma femme pour lui faire franchir le seuil. Nous aurions dû faire une photo pour la montrer à Donald.

— Miaouuurrrr.

Stony vola dans les airs et atterrit sur l'épaule de Taylor – celle sur laquelle la tête d'Ally reposait.

Il baissa la tête et renifla ses cheveux, puis ses cils. Il inclina la tête et se mit à lui lécher la joue.

Ally gloussa, ravala un rire, et ses yeux s'ouvrirent.

— Eh bien, bonjour.

C'était ce qui aurait mérité une photo. Ally et Stony, les yeux dans les yeux.

— Miaouuuurrr.

— Miaou à vous, monsieur.

Taylor sourit.

— Comment sais-tu que c'est un 'monsieur' ?

— La voix de baryton, dit-elle en riant.

— Ally, je te présente Stonewall. Stony, c'est notre nouvelle amie, Ally. Stony déteste la plupart des gens y compris moi parfois, pourtant il semble avoir fait une exception dans ton cas.

— Je suis profondément honorée.

Taylor plia les genoux pour reposer Ally sur le sol, et des dents s'enfoncèrent délicatement dans le lobe de son oreille.

— Aïe. Bon sang, Stony. Eh bien, il semble que je dois continuer de te porter dans un futur immédiat.

C'était drôle de savoir que cela ne dérangeait pas. Il se dirigea vers la chambre d'amis et tourna sur lui-même afin qu'elle puisse la voir.

— Je sais qu'elle manque un peu de fonctionnalité pour l'instant, mais nous l'aménagerons comme tu le souhaites. Elle possède sa propre salle de bains. Je pourrais également te donner ma chambre. Elle est plus grande, mais celle-ci est plus calme, en fait, puisqu'elle donne sur la cour. Elle est vraiment jolie à la lumière du jour.

— C'est merveilleux, Taylor. Si cela ne dérange pas Stony, je pense que je vais passer par la salle de bains avant de ramper dans ce lit tout de suite.

Elle fixa la tête poilue et orangée qui la regardait à quelques centimètres de distance.

— C'est ton ami. Tu vois avec lui.

— Stony, tu veux venir dormir avec moi ? demanda-t-elle en tendant une main vers le lit.

— Il n'est pas très câlin. Il…

Eh bien, du diable si cette bête géante rousse ne bondit pas de l'épaule de Taylor pour atterrir dans le lit et foncer jusqu'à l'oreiller, qu'elle se mit à pétrir pour se faire une place confortable. Taylor haussa les épaules.

— J'imagine que c'est un ami seul, chaleureux et affectueux qui ajoutera du confort à ta nuit.

Il siffla à l'intention de Stonewall.

— Tu essayes de me donner une mauvaise image ? Comme si je ne connaissais pas mon propre chat.

Ally rit tandis qu'il relâchait ses jambes et laissait ses talons scandaleux toucher le sol.

— Non, c'est juste que la plupart des animaux m'aiment. Je ne sais pas pourquoi.

Tss, il savait pourquoi.

# Chapitre Neuf

**TAYLOR** fit un pas en arrière lorsqu'elle s'assit sur le bord du lit et se mit à gratter Stony sous le menton.

— Cela t'ennuierait de me rapporter mon sac ? Si je n'enlève pas ces bottes, je pourrais finir paralysée à vie. J'ai l'habitude de porter des chaussures bien plus pratiques.

Le temps qu'il revienne avec le sac, elle avait réussi à retirer une botte et elle tirait sur l'autre.

— Là. Laisse-moi t'aider.

Il attrapa la botte et tira, manquant tout juste de finir sur le cul lorsqu'elle glissa de son pied.

— Oh mon Dieu. Merci.

Elle remonta un pied vers elle et se mit à le frotter.

— Veux-tu un massage de pieds pour t'endormir ?

Elle haussa légèrement les sourcils. D'accord, c'était une suggestion un peu bizarre, mais il n'insinuait rien par là.

— D'accord, dit-elle en détournant les yeux.

— Enfile ton pyjama et mets-toi au lit, et je te masserai les pieds jusqu'à ce que tu t'endormes.

Elle sourit, mais une pointe de méfiance était perceptible.

Elle marcha jusqu'à son sac – les jambes de son pantalon traînant au sol – l'ouvrit et sortit le pyjama de soie qu'il lui avait acheté.

— Excuse-moi.

Avec sa trousse de toilette en main, elle s'éclipsa dans la salle de bains attenante. Taylor alla dans sa chambre et se changea pour enfiler son bas de pyjama, puis un tee-shirt pour le bien de la modestie. Pourquoi était-il impatient de lui masser les pieds ? Il haussa les épaules. C'était comme pour Stonewall, imaginait-il. Il l'aimait bien.

De retour dans la chambre d'amis, il entendit l'eau couler et les faibles bribes d'une mélodie fredonnée en provenance de la salle de bains. Peut-être pourrait-il bientôt la convaincre de chanter toute une chanson pour lui. Peut-être plus qu'une. Stony reposait sur son perchoir royal, la tête baissée, mais un œil ouvert, observant Taylor comme si peut-être il n'était pas digne de confiance.

La porte de la salle de bains s'ouvrit et Ally en sortit. Hmm. Son visage était moins apprêté, mais seulement un peu, pas tout à fait propre comme un sou neuf, et sous son pyjama, le contour défini d'un soutien-gorge et d'une culotte était visible. N'était-ce pas étrange ? Ne lui faisait-elle pas confiance ? Diable, il était homosexuel, pas vraiment susceptible d'être tout excité ni dérangé par la forme légèrement rebondie d'un sein. Sans ajouter qu'elle avait si peu de poitrine que provoquer une secousse serait un miracle. Eh bien, peut-être qu'elle ne voulait pas lui gâcher ses illusions.

Il tira les couvertures et elle se glissa dessous, balançant ses pieds de l'autre côté. Elle était clairement partante pour l'idée du massage. Il tamisa la lumière, tira sa chaise près du lit, et attrapa un pied à la voûte plantaire bien développée, mince comme le reste de sa personne, et définitivement plus grand que l'aurait suggéré sa fine carrure.

— Oh, Seigneur, je t'aurais épousé rien que pour me faire masser les pieds.

Elle sembla se rendre compte de ce qu'elle venait de dire et ouvrit les yeux, mais Taylor rigola et continua de masser.

— Ne t'inquiète pas. Je ne t'obligerai pas à honorer ces paroles.

Ses yeux se refermèrent, et son souffle s'égalisa. L'esprit de Taylor dériva. *Même la peau de ses pieds est douce. Comment une femme de chambre peut-elle avoir des pieds si doux ?* Il enfonça ses pouces plus profondément, et elle émit ce son à nouveau, à mi-chemin entre le gémissement et le grognement, qui se réverbéra directement dans son aine. Bizarrement, son sexe avait joyeusement montré son intérêt jusqu'à se retrouver à moitié dur. *Une bonne chose qu'elle a les yeux fermés. Pourquoi suis-je donc intéressé ?* La plupart des hommes craignaient d'être gays. Lui, il avait peur d'être hétéro.

Doucement, il installa ses pieds sous les couvertures. Elle soupira et se blottit un peu plus près de Stony, qui occupait toujours le haut du terrain. Taylor éteignit la lumière et quitta la chambre sur la pointe des pieds, poussant la porte, mais ne la fermant pas au cas où Stony voudrait sortir. Non que le monstre roux soit susceptible de dormir avec Taylor. Les chats ne faisaient pas des chiens.

*De l'eau.* Il entra dans la cuisine, but la moitié d'un verre d'eau filtrée, et prit une poignée d'amandes. Tout en mâchant, il éteignit les lumières du salon et retourna tranquillement dans le couloir. *Huh. Drôle.* La porte d'Ally était complètement fermée. Stonewall pouvait-il l'avoir fermée d'une quelconque façon ? Le chat était-il dans la chambre ou dehors ? Doucement, il posa une main sur la poignée de la porte et poussa. Rien.

La porte était verrouillée.


— **ALLEZ,** chéri. Crache le morceau. Que s'est-il passé au cours des dernières vingt-quatre heures ? Je meurs d'envie de savoir, et Christopher me tuera si je ne l'appelle pas bientôt avec des détails.

Taylor sortit une douzaine d'œufs du réfrigérateur, puis un rouleau de beurre. Il fit face au haut-parleur du téléphone.

— C'est simple. Je me suis marié.

— Nom de Dieu ! Tu te moques de moi. Le plan a fonctionné comme prévu ? C'est tout simplement incroyable. Christopher va être ravi d'avoir été un entremetteur si malin.

— Ah, ne t'en va pas lui remettre son doctorat tout de suite, mon cher. En fait, son plan n'a pas fonctionné. J'ai appelé cette boîte et obtenu un rendez-vous, et elle a eu un accident à la dernière minute et ne s'est pas montrée.

Avec un mouvement du poignet, il craqua un œuf qu'il fit suivre de quatre autres.

— Mais tu as dit... attends, ça veut dire que tu as trouvé quelqu'un d'autre à épouser.

— Correct. Elle s'appelle Ally. Tu vas l'adorer.

Mettant les œufs sur le côté, il posa deux assiettes sur l'îlot central de la cuisine.

Silence.

Il fixa le téléphone.

— Harry ?

— J'essaie de traiter l'information. Tu as vraiment trouvé une autre femme désireuse de t'épouser ?

— Ton niveau d'étonnement n'est pas des plus flatteurs.

— Il n'est pas exactement fait pour l'être. Seigneur, Taylor, je veux entendre le moindre détail jusqu'au plus minuscule d'entre eux, et si je t'écoute, je suis mort. Christopher me tuera. Alors voilà le plan. Nous allons nous rattraper pour avoir manqué ta fête d'anniversaire en sortant ce soir.

Taylor sépara des bandes de bacon à la dinde et les posa sur une feuille de cuisson.

— C'est vraiment gentil de ta part, mais elle est vraiment fatiguée, elle n'est pas encore levée. Je verrai avec elle.

— Désolé, chéri, mais ce n'est pas un souhait. Coco dévoile un tout nouveau numéro ce soir, et tu sais combien elle aime ton opinion.

— Elle aime mon opinion seulement parce que je pense qu'elle est merveilleuse.

Le bacon alla rejoindre le four.

— Mais bien sûr. Quoi qu'il en soit, nous avons désespérément besoin de ton jugement sur le nouveau spectacle. Elle passe à vingt-deux heures et si nous descendons un peu d'alcool pour fêter ça, qui nous en voudra ?

Taylor rit.

— D'accord, je demanderai à Ally dès qu'elle se lèvera.

— J'ai hâte de rencontrer ce parangon.

— Comment sais-tu qu'elle est un parangon ?

— Parce qu'une femme qui épouserait un homosexuel confirmé pour un paquet d'argent a atteint le sommet de quelque chose. On se voit ce soir.

— Je t'envoie un message.

— Non, on se voit ce soir, sinon Christopher me tuera – et toi ensuite. Suis-je clair ?

Il raccrocha.

— D'accord, à ce soir.

Taylor appuya sur le bouton du haut-parleur et secoua la tête.

— Que se passe-t-il ce soir ?

Taylor se tourna pour découvrir Ally entièrement vêtue avec un jean et un pull léger, maquillée, ses cheveux parfaitement coiffés, sans queue de cheval ni lunettes. Stony passa devant elle avec un petit coup de queue pour rejoindre son plat.

— Bonjour. As-tu bien dormi ?

— Tellement bien qu'il est presque neuf heures. Je ne me rappelle pas la dernière fois que j'ai dormi si longtemps.

— C'est sans doute la première fois depuis un bon moment que tu te sens assez en sécurité pour dormir.

Elle acquiesça et s'installa sur le tabouret de l'îlot central.

— Exactement.

Il se retourna vers la cuisinière.

— Stonewall a-t-il essayé de sortir ? Je voulais le laisser s'échapper la nuit dernière, mais j'ai remarqué que la porte était verrouillée.

D'accord, c'était la façon la plus décontractée qu'il trouva pour le dire.

Elle hésita.

— Euh, oui. Il était toujours sur l'oreiller à l'endroit où je l'ai laissé quand je me suis réveillée. Désolée pour la serrure. La force de l'habitude. À force de toujours courir pour échapper aux sales types de mon père, je suppose.

Intéressant qu'elle ait dû sortir du lit et traverser la pièce pour verrouiller la porte après son massage de pieds. Ce n'était pas exactement un acte inconscient.

Elle ramassa sa salière et la reposa sur le comptoir.

— Alors, que se passe-t-il ce soir ?

— Mon meilleur ami et son petit ami veulent nous emmener dans un club de drag-queen pour fêter mon anniversaire.

Il versa les œufs battus dans sa poêle chaude et ajouta de la feta et des tomates.

— Oh ! J'ai oublié que c'est aujourd'hui, en fait.

— Oui. L'événement majeur que j'essayais de prendre de vitesse – ce que j'ai fait, grâce à toi.

Il sourit.

— Je devrais cuisiner pour toi, pas l'inverse.

— Hé, tu as rendu possible mon plus gros cadeau d'anniversaire. Je cuisinerai pour toi pour toujours. En plus, j'adore passer du temps dans la cuisine.

Il vérifia la cuisson du bacon, qui était croustillant à souhait.

Les yeux sombres d'Ally pétillèrent.

— Tant mieux, parce que je ne sais pas faire cuire un œuf.

— Le petit-déjeuner est presque prêt. Sers-toi un peu de café là-bas, dit-il en hochant la tête vers la cafetière.

— Mmh, l'odeur à elle seule pourrait sauver mon âme.

Elle prit la tasse qu'il avait sortie pour elle, ajouta de la crème, et but une gorgée avant de pousser un soupir.

— Pourquoi un club de drag-queen ? Je veux dire, ça a l'air amusant, mais je me demande pourquoi ils l'ont choisi ?

— En fait, le petit ami d'Harry, Christopher, est aussi la drag-queen Coco. Elle se produit dans un nouveau numéro, et ils veulent que nous le voyions.

— Ça semble important.

Mais elle semblait avoir les lèvres un peu pincées.

— Nous ne le ferons pas si cela te met mal à l'aise.

— Non. Sincèrement. Je pense que c'est important pour toi de faire ça pour tes amis. Et je pense que ce sera un pur plaisir.

Son téléphone sonna sur le comptoir. Il fronça les sourcils et continua de remuer les œufs.

— Peux-tu répondre ? Si j'arrête de remuer, les œufs seront… eh bien, cuits.

Elle glissa le long du comptoir, attrapa le téléphone, et répondit à l'appel alors qu'il séparait les œufs dans deux assiettes et sortait le bacon à la dinde du four.

— La ligne de Taylor Fitzgerald.

Elle inclina la tête et lui sourit.

— C'est sa femme, Ally.

Il lui rendit son sourire. C'était une déclaration qu'il ne s'était pas attendu à entendre de toute sa vie.

Elle écarquilla les yeux de surprise.

— Oui, bien sûr, il est juste ici.

Elle lui tendit son téléphone.

— C'est ton père.

Cette fois, elle ne souriait pas.

— Commence à manger ou ça va refroidir.

Il porta le téléphone à son oreille.

— Bonjour, Laughton.

— Alors, tu l'as déjà mise au travail, dit-il avec un rire mauvais. Ce qui est bien. Elle aura besoin d'un emploi, puisqu'elle ne remplira jamais les exigences requises d'une bonne épouse avec toi.

— Qu'est-ce que tu veux ?

— Comment, rencontrer ta mariée rougissante, bien sûr.

Il soupira et ne le cacha pas.

— Je ne pense pas que socialiser soit nécessaire. J'ai la licence de mariage signée avec l'heure et la date. Donne-moi l'argent et nous en avons terminé avec ça.

— Ne sois pas ridicule, Taylor. Je ne vais certainement pas remettre cinquante millions de dollars parce que tu le demandes.

— Alors, je porterai l'affaire devant un juge.

Il leva les yeux et croisa ceux écarquillés d'Ally. Sa fourchette était suspendue entre son assiette et sa bouche. Il essaya de sourire et mima le mot *Mange*.

— C'est absurde. Tu sais que cela gèlera les fonds, probablement pendant des années.

*Triste, mais vrai.*

— Amène-la à la maison et laisse-nous-la rencontrer. Si elle est tout ce que tu dis, ce devrait être facile. Ensuite, nous parlerons.

— Tu sais que mon grand-père voulait que j'aie cet argent.

— Pas inconditionnellement, à l'évidence, sinon il n'aurait pas écrit des dispositions aussi strictes dans son testament. Nous devons simplement nous assurer que ses volontés sont respectées.

Taylor passa une main dans ses boucles.

— Quand ?

Le sourire dans la voix de son père disait : *J'ai gagné.*

— Que penses-tu de demain soir ? Un dîner en famille un dimanche soir. Une charmante tradition, ne crois-tu pas ?

Son estomac se contracta.

— D'accord, autant en finir.

Ally était devenue une biche prise dans des feux encore plus grands.

— Ma pensée, exactement. À demain dix-huit heures.

Il raccrocha. Seigneur, il ne voulait pas la regarder. Il savait ce qu'il verrait.

— Que faisons-nous ? Quand ?

Il poussa un très long soupir.

— Nous dînons avec mon père demain soir.

Sa fourchette claqua sur l'assiette.

— Je suis vraiment désolé. J'espérais que tu n'aurais jamais à faire ça. Je l'ai espéré, mais je n'y ai pas cru. Malheureusement, j'imagine qu'il va rendre cela aussi difficile que possible.

Elle déglutit et hocha la tête.

Il s'assit à côté d'elle sur l'autre tabouret et voulant donner le bon exemple, il enfourna une fourchette pleine d'œufs tièdes dans sa bouche. Celle d'Ally resta là où elle était tombée.

Il posa la sienne.

— Je vais te dire quelque chose. Allons faire du shopping pour t'acheter de nouvelles tenues, et nous irons déjeuner en même temps. Qu'est-ce que tu en dis ?

— Non, je ne veux pas que tu dépenses de l'argent pour moi. Tu ne sais pas avec certitude si tu en recevras un centime.

Il pressa ses doigts sous son menton et lui releva la tête.

— Hé, j'ai un emploi qui paye bien et je suis également un homme employable. J'ai de l'argent à la banque.

Il n'ajouta pas le *pas beaucoup*.

— Si tu dois passer du temps au club de Coco ce soir, tu as besoin d'une tenue scandaleuse. Et si tu dois rencontrer mon père, cela devrait au moins valoir du Chanel. Allez, viens, c'est mon anniversaire. Ne le laisse pas le gâcher.

De magnifiques fossettes apparurent sur son visage.

— Je vois la sagesse de cet argument.

— D'accord. Attrape ce dont tu as besoin, et allons faire du shopping.

## *Chapitre Dix*

**PAR** le ciel, le shopping avait été un succès. Il avait laissé sa voiture, et ils avaient pris un taxi pour se rendre au Castro, où le club de Coco occupait un emplacement-clé. Le chauffeur se pencha en arrière dans son siège aussi loin qu'il le put pendant que Taylor payait la facture – pour jeter un meilleur coup d'œil au chef-d'œuvre qu'il avait véhiculé.

Taylor se glissa hors du taxi, se retourna, et tendit sa main. Les jambes interminables d'Ally s'étirèrent par la porte arrière, dévoilant des chaussures si brillantes qu'elles auraient rendu Glinda [9] jalouse. Elle avait décliné l'idée de porter une robe, mais avait choisi un pantalon moulant de couleur argentée, prolongeant

9 Glinda est la bonne sorcière du sud dans les livres d'Oz écrits par l'américain L. Frank Baum.

ainsi la longueur de ses jambes des hanches à la pointe des orteils. En haut, elle portait un chemisier blanc drapé sous une veste de moto en cuir noir, complété d'un collier de chien en cuir noir autour du cou. Des boucles d'oreilles pendaient jusqu'à ses épaules, ses cheveux étaient lâchement relevés en un chignon haut tandis que des mèches plus courtes tombaient de manière désordonnée autour de son visage. Ally était stupéfiante !

Les gens à l'extérieur du club s'arrêtèrent pour la regarder tandis qu'elle sortait du taxi, la plupart ne faisant aucun effort pour être discrets. Quelques personnes prirent des photos avec leur téléphone.

Ally tourna la tête pour déjouer leurs efforts et y réussit peut-être. Taylor ne savait pas à quoi elle avait ressemblé avant d'être en cavale, mais il y avait de grandes chances pour que personne ne reconnaisse la star de cinéma en laquelle elle s'était transformée.

Elle se leva, atteignant sa taille dans ses chaussures montantes, et prit son bras. Même si elle souriait, son regard en mouvement avait l'air un peu hanté. Il l'escorta jusqu'au vigile qui offrit des yeux écarquillés à Ally, et un grand sourire à Taylor.

— Bonsoir, monsieur Fitzgerald.

— Bonsoir, Oscar.

À l'intérieur, le mur du fond de l'entrée affichait d'immenses affiches de drag-queens folles et magnifiques, et la chaleur et le parfum d'une foule nombreuse les frappèrent. Ally recula d'un pas. Taylor était venu chez Coco à maintes reprises, alors il savait à quoi s'attendre : un petit club avec une grosse personnalité. Pour le moment, le rideau rouge fermé brillait sous les lumières chaudes, et les clients étaient regroupés autour des tables, levant leurs verres et discutant les uns avec les autres.

Il guida Ally à l'intérieur du club afin de voir la pièce plus clairement et de repérer une main qui leur faisait signe près de la scène, à une table réservée pour les amis et la famille. Il retourna le geste et, prenant la main d'Ally, l'amena à travers les tables, les chaises, et les corps étroitement serrés.

Harry était encore debout quand ils rejoignirent la table, et un autre couple, Ben et GG, était assis à côté de lui. Trois chaises étaient vides alors que des clients ambulants les regardaient avec convoitise. Taylor étreignit Harry, dont l'apparence geek chic suggérait une carrière de mathématicien, et pointa les chaises.

— Elles sont pour nous ?

— En effet, chéri, mais ne t'assieds pas avant que j'aie eu une chance d'apprécier pleinement l'audace de cette charmante créature.

Il tendit ses mains vers Ally.

— Bonjour, ma chère. Je suis Harry, le meilleur ami de Taylor, son opposant le plus dur, et son protecteur le plus féroce.

Elle mit ses mains dans les siennes et inclina la tête.

— Bonjour, Harry. Je suis Ally. La... femme de Taylor.

Les têtes de Ben et GG se redressèrent comme si quelqu'un avait posé des explosifs dans leurs cous. GG poussa un petit cri surpris.

— Qu'a-t-elle dit ?

Harry posa une main contre sa poitrine.

— Eh bien, eh bien. L'audace continue. Je n'étais pas certain de savoir si nous pouvions en parler.

À l'évidence, Taylor n'avait pas réfléchi à ce moment, parce qu'il n'avait aucune idée de quoi dire.

— Euh, je ne vois pas pourquoi nous ne devrions le dire à personne.

— Mais…

GG attrapa le bras de Taylor.

— Je ne savais pas que tu étais bi, chéri.

Merde, et si son père demandait à ses amis des informations à propos d'Ally et de leur mariage ? Harry le dévisagea. Au moins attendait-il de s'inspirer de Taylor avant que quoi que ce soit lui échappe.

— Ma foi, je suppose qu'on pourrait dire que je suis bi pour Ally, répondit-il enfin.

Harry sourit et plongea dans le moment maladroit. Il prit la main d'Ally.

— Et avec une beauté comme celle-ci, qui ne voudrait pas passer d'un genre à l'autre ? Une tenue outrageuse, ma chérie. Attends que Coco la voie.

Taylor poussa un soupir, tira une chaise pour Ally, et enfin s'assit lui-même. Les lumières commencèrent à se tamiser. *Dieu merci !*

Un serveur se présenta lorsque le rideau s'ouvrit, et Taylor commanda une bouteille de champagne au moment où les Coquettes – la troupe du club composée de garçons apprêtés en femmes – arrivaient en dansant sur la scène. Là où les chœurs des autres clubs chantaient en play-back, les Coquettes chantaient et dansaient réellement – une des raisons qui faisaient la popularité du lieu. Leur interprétation de 'Wrecking Ball', complétée d'accessoires, reçut les cris et les applaudissements du public. Après la troupe vint l'un des danseurs les plus populaires de Coco – Medusa – qui fit son numéro avec ses 'serpents', deux garçons remarquablement sexy qui se tortillèrent autour de la reine. Ally jeta un regard à Taylor et agita sa main comme si elle s'éventait. Ouais, comme ça ils étaient deux.

La Maîtresse de Cérémonie monta sur scène en paillettes d'un or étincelant.

— Bonsoir, mes chéris. Comment allez-vous ? Alors, dites-moi. Pourquoi les blondes de San Francisco ne portent-elles pas de minijupes ? Parce que leurs couilles se voient, bien sûr. Les vôtres se voient-elles ?

Elle s'approcha des tables devant la scène et se pencha.

— Toi chéri, es-tu un dentiste gay ?

L'homme hocha la tête frénétiquement. Elle se redressa.

— Oui, nous l'appelons la fée des dents. Ce qui me rappelle qu'hier j'ai pris le ferry de Sausalito. Personne ne m'a dit que nous avions notre propre Marine.

Le public rit et applaudit.

— Et maintenant, le moment que vous avez tous attendu. Celle qui honore le club de son nom. La maîtresse de la magnificence. La Reine des Reines.

Elle tendit un bras vers l'arrière de la scène.

— Coco !

Les lumières s'éteignirent et un spot unique s'alluma. Pendant une seconde, on ne put voir qu'un scintillement, parce que sa robe était d'un noir d'encre comme le fond de la scène, mais incrustée de cristaux qui brillaient dans la lumière.

La robe était accordée à la perruque courte coupée au carré de Coco – également noire et décorée d'une multitude de plumes. En contraste de cette noirceur, sa peau d'un blanc pâle et ses lèvres rouges brillantes choquaient les yeux.

Lorsque la musique d'un simple piano se fit entendre, elle commença à chanter.

Ally se pencha et lui toucha la main.

— Est-ce que c'est Christopher ? murmura-t-elle.

Il hocha la tête.

Avec la voix claire de soprano de Coco, il était impossible de croire que sous cette robe se cachait un service trois-pièces.

Une fine couche de brume rampa sur la scène alors que Coco chantait sur les dangers de la fumée qui vous montait aux yeux. Taylor jeta un coup d'œil à Ally, qui observait Coco avec des lèvres légèrement entrouvertes et des yeux écarquillés. Que pensait-elle de tout cela ? Une fille de Las Vegas devait avoir vu beaucoup d'hommes habillés en femmes, mais Coco était la meilleure des meilleures.

Lorsque Coco termina, la pièce était si calme que vous pouviez entendre les queues se dresser. Puis les applaudissements commencèrent, et les sifflements et les cris emplirent le club. Coco chanta deux chansons de plus, la Maîtresse de Cérémonie revint pour quelques plaisanteries supplémentaires, puis la troupe invita tout le monde sur scène pour un rappel de rideau. Coco marcha jusqu'à l'avant-scène, s'inclina, se redressa, et retira sa perruque pour révéler une coupe de cheveux plus conservatrice que celle de Taylor. Les gens qui ne l'avaient pas vu faire avant poussèrent un petit cri – y compris Ally. Elle se pencha vers lui.

— Waouh, il est incroyable.

— Tu le rencontreras bientôt.

Ally cligna des yeux plusieurs fois et sourit.

— Excuse-moi. J'ai besoin d'aller aux toilettes.

Elle se leva et se hâta vers l'entrée où se trouvaient les toilettes.

Harry s'inclina vers lui.

— Elle est tout ce que tu aurais pu souhaiter. Tu n'es pas sérieux quand tu dis qu'elle travaillait comme femme de chambre.

Ben et GG se tournèrent pour parler avec des amis à une autre table, alors Taylor baissa la voix pour répondre à Harry.

— Elle essayait de fuir sa famille, alors…

Il haussa les épaules.

— … n'importe quel port dans la tempête, comme on dit.

Harry leva les yeux.

— La femme du moment.

Pendant une seconde, Taylor pensa qu'Harry parlait d'Ally, mais Coco sortit d'une porte latérale qui menait aux coulisses, toujours entièrement maquillé, mais portant un magnifique smoking noir androgyne.

Harry et Taylor se levèrent. Coco écarta les bras – bien qu'habillé comme cela, Taylor ne savait pas s'il devait la qualifier d''il' ou 'elle' – et se précipita vers lui.

— C'est si merveilleux de te voir.

D'accord, peut-être 'il', alors. Coco/Christopher balaya la table des yeux comme s'ils avaient mystérieusement perdu quelque chose.

— Eh bien, où est-elle ?

Taylor hocha la tête vers l'entrée du club.

— Aux toilettes.

Harry fit un geste gracieux de la main – c'était amusant que Coco soit la drag-queen, mais que hors de la scène, elle soit bien plus masculine qu'Harry.

— Attends de la voir, s'exclama-t-il en posant une main sur sa propre joue. En parlant d'anges…

Taylor suivit le regard d'Harry. Mon Dieu, les anges apparaissaient, exactement. Peut-être avait-elle ressenti le besoin de se faire belle pour la compétition, mais Ally avait ravivé suffisamment son maquillage pour passer de 'subtilement spectaculaire' à 's'en décrocher la mâchoire'.

Christopher posa une main sur sa hanche.

— Par tous les saints, Taylor, où as-tu trouvé ça ?

Harry attrapa le bras de Christopher.

— Je te raconterai tout plus tard.

Ally se faufila entre les dernières rangées de tables et arriva aux côtés de Taylor. Elle sourit à Coco.

— Quelle magnifique performance ! J'ai adoré chaque minute.

— Merci, chérie, répondit-il en inclinant la tête. Vous êtes absolument charmante.

Taylor pressa la main d'Ally.

— Ally est chanteuse aussi. Tu devrais l'entendre un de ces jours.

— Eh bien, j'adorerais ça. Peut-être bientôt ?

Le regard d'Ally se perdit sur ses chaussures.

— Oh, je chante juste pour m'amuser.

— C'est l'une des voix les plus adorables que j'ai entendue, et je l'ai pensé avant de la rencontrer.

Les yeux de Christopher s'étrécirent légèrement. *Je me demande ce qu'il mijote ?*

— Dans ce cas, je veux l'entendre encore plus vite.

Ils s'assirent tous. Le public s'était mis à boire sérieusement et à grignoter durant la pause. La deuxième partie du spectacle ne commençait pas avant deux heures, alors ils avaient le temps. Christopher sirotait un peu d'eau avec du citron pour sa gorge.

Taylor offrit la deuxième bouteille de champagne qu'ils avaient commandée.

— Tu es sûr que je ne peux pas te tenter ?

— Homme diabolique, dit-il en souriant. Peut-être juste une gorgée.

Taylor versa une coupe, et Christopher prit une lampée revigorante.

— Ah, nous servons vraiment du champagne bas de gamme, non ?

— Oui, en effet, mais c'est un petit prix à payer à la lumière de l'excellent divertissement.

— Ce n'est pas du tout un petit prix, chéri. J'ai fixé moi-même ce tarif, dit-il en riant. Mais tu as vraiment aimé le spectacle ?

— J'ai adoré.

— Ally, qu'en avez-vous pensé ?

Elle sourit de toutes ses dents.

— J'en ai raffolé. C'était le bon équilibre entre l'amusement et la sensualité plus flagrante des autres numéros. Juste parfait.

— Merci, Ally. Cela signifie énormément venant de vous.

Taylor posa ses deux mains sur ses hanches.

— Eh, je compte pour du beurre, moi ?

— Je veux juste dire qu'une opinion professionnelle signifie énormément.

Il tendit une main et la posa sur le bras d'Ally. Étrange. Christopher n'était pas le plus tactile des hommes, rassemblant tous les stéréotypes du contraire.

Soudain, cinq des serveurs drag du club émergèrent de la cuisine, portant un énorme gâteau avec des bougies magiques. Christopher se leva et cria par-dessus le bruit.

— Hé, tout le monde. Chantez 'Joyeux anniversaire' pour notre ami Taylor.

Quelques membres de la troupe coururent à leurs instruments et commencèrent à jouer alors que la foule se levait et chantait, complètement faux, mais avec beaucoup d'enthousiasme. Dingue, mais il dut lutter contre les larmes, et Ally le prit dans ses bras. Même si elle ne le pressa pas très fort contre elle, il sentit quand même ce corps mince effleurer ses parties intimes, et cela l'alluma comme les bougies sur le gâteau. Seigneur, elle l'excitait tellement qu'il considérait le fait d'avoir des relations sexuelles avec elle – même si cela tournerait probablement au désastre aux proportions monumentales à la seconde où il s'approcherait de sa chatte. Un gay était un gay. Son attirance ajoutait au complètement bizarre. Il pensait que c'était de la gratitude, mais jamais auparavant la reconnaissance n'avait fait frétiller sa queue.

La chanson se termina, le gâteau eut une place d'honneur sur la table, et les invités se rassemblèrent autour de lui pour l'étreindre, qu'ils le connaissent ou non. Ally recula pour leur permettre à tous de l'atteindre, mais il ressentit la perte de sa chaleur.

Lorsque les embrassades se terminèrent enfin et qu'il eut goûté le gâteau au citron avec du champagne, Harry se rapprocha, laissant Christopher et Ally discuter de musique.

— Alors, comment est la vie conjugale ?

Il rit, ayant certainement dépassé d'un verre d'alcool pétillant la limite légale.

— Comment le saurais-je ? Nous sommes rentrés à la maison au milieu de la nuit, nous avons pris notre petit-déjeuner tardivement et nous sommes allés faire du shopping avant d'arriver ici.

— Vraiment ? Tu sembles vraiment bien l'aimer.

— C'est le cas.

Il vida une gorgée de champagne au fond de sa gorge.

— Genre, un peu trop.

Les yeux gris d'Harry étincelèrent comme des clignotants.

— Oh, raconte ? dit-il en s'approchant davantage.

Taylor se pencha jusqu'à ce que ses lèvres touchent presque l'oreille d'Harry.

— Ne dis rien à personne, sauf Christopher, d'accord ?

Harry hocha la tête.

— Elle m'excite, en fait. Enfin, pas une érection totale encore, mais beaucoup de frétillements. Je n'ai jamais été excité par une femme de ma vie, et Dieu m'est témoin que je les ai vues à tous les stades possibles de déshabillage quand j'essayais de me cacher dans le placard. Merde, j'ai même reçu une fellation de la part d'une femme, une fois, qui a duré environ cinq minutes parce que je ne pouvais pas me sortir de la tête que c'était une femme, et je veux bien dire mes deux têtes.

Il se rencogna dans sa chaise.

— Je ne comprends tout simplement pas.

Harry haussa les épaules.

— Eh bien, elle est magnifique et androgyne. Peut-être que tes têtes sont confuses.

— Peut-être.

Christopher se pencha et posa sa tête sur l'épaule d'Harry.

— De quoi parlez-vous, hmmmm ?

Harry sourit.

— De vous et comme vous êtes beaux assis en train de bavarder.

— Tu es un beau parleur, toi.

Il repoussa sa chaise.

— Je ferais bien d'aller me changer pour le numéro suivant.

Taylor posa une main dans le dos d'Ally, sentant le cuir souple de sa veste qu'ils avaient achetée et essayant d'ignorer la chaleur qui s'en dégageait.

— Je parierais que tu es fatiguée. Veux-tu rester ou rentrer ?

— Oh, j'adorerais voir le numéro à nouveau, mais je dois avouer que mes yeux se ferment tout seuls.

Christopher la toucha à nouveau.

— Quand vous viendrez chanter pour moi, je chanterai pour vous. Marché conclu ?

Ally baissa la tête à nouveau, mais sourit.

— Nous verrons. Mais je veux certainement vous entendre à nouveau.

Ils se levèrent. Taylor prit le bras d'Ally, salua Ben et GG, embrassa Christopher et Harry, et se dirigea vers l'entrée. Dehors, le brouillard de San Francisco rampait et remontait sur ses pieds, les faisant apparaître flous.

— Heureusement que nous ne conduisions pas.

Ally fronça les sourcils.

— Je suppose, mais quelqu'un doit le faire.

— C'est vrai.

Taylor leva une main et siffla. Il lui fallut deux autres essais, mais un taxi s'arrêta, et il aida Ally à monter à l'intérieur.

Le chauffeur, un bel homme noir, regarda derrière lui.

— Où allons-nous, señor ?

Taylor lui indiqua l'adresse, mais les yeux de l'homme ne firent jamais contact avec les siens. Alors qu'il se retournait vers son volant, il marmonna :

— *Señorita, muy guapa.*

Étrange comme Taylor pensa sérieusement à le frapper.

Après quinze minutes éprouvantes, où ils ne virent pas les lignes dans les rues ni les bâtiments qui les entouraient, le taxi s'arrêta devant l'immeuble de Taylor. Même si le chauffeur sourit à Ally comme si Taylor n'existait pas, celui-ci lui donna quand même un généreux pourboire par pure gratitude pour être arrivé en un seul morceau. Il sortit et tendit une main à Ally.

Elle avança sur le trottoir et tomba directement dans une étreinte.

— Nom d'un petit bonhomme, je n'ai jamais été aussi heureuse de me retrouver sur une surface immobile.

Les bras de Taylor se resserrèrent, et pendant un moment d'indulgence, il laissa ses mains explorer son dos mince et musclé.

— Désolé de te dire qu'un brouillard tel que celui-ci est plutôt commun dans cette ville.

Elle leva vers lui des yeux énormes.

— Je pourrais ne jamais m'y habituer.

Elle resserra sa veste autour de son corps.

— En plus, je ne comprends pas ce temps. Ne sommes-nous pas en Californie ? Mon Dieu ce qu'il fait froid.

— 'Je n'ai jamais vu un hiver aussi froid qu'un été à San Francisco'. Quelqu'un de célèbre a dit ça [10].

— Brr.

---

[10] Une des expressions les plus célèbres à propos de San Francisco a priori injustement attribuée à Mark Twain.

## *Chapitre Onze*

**TAYLOR** frotta ses mains le long des manches de sa veste en cuir.

— Viens, rentrons te réchauffer.

Dans l'appartement, Taylor jeta sa veste. Stony sortit immédiatement de la chambre d'Ally, qui semblait être ses nouveaux quartiers.

— Miaouuurrr.

— Hé, mon garçon, tu as faim ?

Elle s'agenouilla et gratta la bête géante rousse.

— Je vais lui donner à manger. Pourquoi ne pas te préparer pour te mettre au lit ? Je vais préparer un thé aux herbes pour t'aider à dormir. Je parierais que ces chaussures te tuent.

— Euh, bien sûr. Ce serait super.

Elle disparut dans sa chambre. Stony la suivit du regard, puis il posa les yeux sur Taylor.

— Tu pèses tes options, boule de poils ?

Il se dirigea vers la cuisine.

— Viens donc.

Il mit l'eau du thé à chauffer, donna du thon à Stony, puis se changea pour un survêtement et un tee-shirt.

Quelques minutes plus tard, Ally réapparut dans le salon, les cheveux roux flottant librement, portant le pyjama de soie et les pantoufles qu'il lui avait achetés lors de leur escapade shopping. Pourtant, elle avait conservé une grande partie de son maquillage, et la soie couvrait clairement des sous-vêtements. Elle ne dormait certainement pas comme ça.

Elle s'assit à côté de lui sur le canapé et prit sa tasse de thé. Stony se blottit à côté d'elle.

— J'ai beaucoup aimé tes amis.

— Je suis content. Ils t'ont aimée aussi.

— Tu ne leur as rien dit des raisons pour lesquelles nous nous sommes mariés.

— En fait, Harry et Christopher savent. Ils m'ont aidé à fomenter ce plan. Mais je ne veux le dire à personne d'autre au cas où mon père commence à fouiner.

Elle souffla sur le thé, puis but une gorgée.

— Comment penses-tu qu'ils prouveront que nous avons contracté un mariage d'amour ?

— Ou essaierons de le réfuter, plus probablement. Honnêtement, je ne suis pas sûr. Qui peut définir ce qu'est un mariage d'amour, de toute façon ?

Elle sourit.

— Je pense que c'est l'une de ces choses où tu le sais quand tu le vois.

— J'imagine.

— Avons-nous besoin de pratiquer quoi que ce soit avant d'aller chez ton père ?

Elle sembla frissonner en le disant.

Il fixa sa tasse de thé.

— Penses-tu que nous devrions nous entraîner à nous embrasser ?

Elle haussa les épaules.

— Nous nous sommes déjà embrassés durant le mariage et à l'hôtel, et cela ne nous a pas tués, alors je suppose que c'est bon.

C'était étrangement décevant.

Elle posa la tasse.

— Reste ici. Je reviens tout de suite.

Elle s'en alla vers sa chambre de cette démarche chaloupée et confiante et disparut, avant de ressortir une minute plus tard avec un paquet enveloppé dans du papier argenté.

— Bon anniversaire.

— Quoi ?

— J'ai dépensé mon propre argent pour ça, et par conséquent ce n'est pas beaucoup, annonça-t-elle en souriant.

— Tu ne devrais pas dépenser d'argent pour moi.

— Ouvre-le.

Il déchira l'emballage et ouvrit la boîte. À l'intérieur, il y avait une petite statue d'un chat, faite de cristal rouge avec des yeux verts. Le félin assis avait l'air royal et gracieux – ressemblant par là davantage à Ally qu'à Stonewall.

— C'est beau.

— Je pense que c'est Bastet, la déesse-chat égyptienne. J'ai pensé que tu devais aimer les chats, puisque tu aimes Stony.

Taylor passa son pouce sur le cristal froid. *Je parie que la peau d'Ally ressemble à ça.*

— Hé, je pense que Stony est ton chat. Celui-ci sera le mien. Merci beaucoup. Je l'aime vraiment.

— Stony te préfère. Je suis juste une nouveauté.

Il en doutait. *Qui ne préférerait pas Ally ?*

Elle pointa la statue.

— Comment vas-tu l'appeler ?

Il lui adressa un grand sourire.

— Pourquoi pas Ally Cat ? Je sais qu'elle est bien trop royale pour un nom aussi plébéien, mais c'est difficile de résister.

— Ally Cat, donc.

Elle se pencha au-dessus de Stony, qui était allongé de façon intrusive entre eux, et embrassa Taylor sur la joue.

— Joyeux anniversaire. Merci de m'avoir secourue.

— Le sauvetage va dans les deux sens.

Elle regarda ses mains.

— J'espère que c'est vrai. Je veux dire, j'ai quitté Las Vegas, mais tu n'as pas encore ton argent.

— Notre argent.

Elle haussa les épaules.

— À propos de ça. Si tu l'obtiens, cela ne me dérangerait pas d'en avoir un petit peu pour louer un appartement et me permettre de tenir jusqu'à ce que je trouve un travail, mais je ne veux pas prendre l'argent des enfants. Il n'est pas à moi. J'ai obtenu ce que je voulais de cet arrangement. Je ne mérite pas plus que cela.

L'estomac de Taylor se contracta.

— Tu ne déménageras pas de sitôt, de toute façon, puisque nous devons donner le change d'un mariage d'amour, pas vrai ?

Elle se leva.

— Tout à fait.

C'était étrange, mais elle avait l'air un peu triste.

— Je te vois demain matin.

— Bonne nuit, Ally.

Stony sauta du canapé et se mit en ligne derrière elle – la queue tressaillant – comme sa fanfare féline. Ils disparurent tous deux dans le couloir.

Taylor passa ses doigts sur le petit chat. Le meilleur cadeau qu'il ait jamais eu.

Il s'adossa au canapé et l'observa. Elle avait dit qu'elle avait obtenu ce qu'elle désirait de leur arrangement. Cela le rendait définitivement triste, ce qui soulevait la vraie question : que voulait-il de leur arrangement ?

S'accrochant à son chat, il rejoignit sa chambre.


**TAYLOR** sortit une douzaine d'œufs du réfrigérateur. Le bip de son téléphone le fit se tourner. Il y jeta un coup d'œil et poussa un gros soupir.

*Dîner confirmé ce soir à dix-huit heures. À tout à l'heure.*

*Oh la vache ! Le gantelet. L'Inquisition.* Il se secoua. De quoi s'inquiétait-il ? Ally surprenait tout le monde – y compris lui. Il n'aurait vraiment aucun problème à convaincre qui que ce soit que c'était un 'mariage d'amour'.

Il jeta un coup d'œil à l'horloge et glissa le téléphone dans sa poche. Ally faisait encore la grasse matinée – bien que sept heures du matin représentent difficilement le milieu de la journée. Il aimait juste se lever tôt. Après toutes ces semaines à se cacher, elle devait être épuisée. *Je me demande si Stony a besoin d'aller à sa litière ?*

Il remonta le couloir et écouta à sa porte. Aucun son, même s'il était peu probable que Stony miaule à la porte.

Son téléphone vibra, et il recula. *Harry*. Il prit l'appel.

— Salut, mec, merci pour ma superbe fête d'anniversaire la nuit dernière. J'allais t'appeler plus tard. Je n'aurais jamais pensé que tu serais debout si tôt.

— Content que tu te sois amusé, chéri. Mais j'appelle parce que Christopher et moi avons quelque chose d'important à te dire, et nous pensions que tu devais le savoir tout de suite.

*Était-ce un miaulement ?*

— Attends une seconde.

Il testa la poignée de la porte. Waouh, elle ne l'avait pas verrouillée. Elle devait commencer à lui faire confiance.

— Sérieusement, amour. Tu dois savoir ça. Coco l'a découvert.

— D'accord, ouais. Je vais juste devoir murmurer une minute.

— Pourquoi ? Où es-tu ?

— Je jette juste un œil sur Stonewall.

— Tu ne veux pas réveiller ton chat ? Honnêtement, je pense qu'il se rendormira.

— Shh. Il dort avec Ally. Je vérifie que tout va bien.

Le soleil filtrait des fenêtres à travers les toiles romaines, jetant des rayons de lumière sur le lit.

— Euh, Taylor, c'est au sujet d'Ally que je t'appelle.

— Ouais, d'accord.

Il avança sans bruit et jeta un coup d'œil par-delà le mur vers le lit. Bien entendu, Stonewall était roulé en boule sur un oreiller tandis que les cheveux d'Ally s'étalaient sur l'autre, créant une mosaïque rouge orangé. Il sourit – puis s'arrêta.

— Il y a quelque chose que tu devrais savoir.

— Ouais ?

Ses yeux étaient obsédés par quelque chose, et il fit deux pas de plus vers le lit. Ally était couchée sur le dos, un bras au-dessus de sa tête, le pyjama de soie blanche collant à son corps. Là où il était habitué à voir de petits seins remontés, la soie était complètement plate. Alors peut-être qu'elle enjolivait un peu. Mais ce n'était pas ce qui le captivait. C'était la partie qui n'était pas plate. Au niveau de son entrejambe, le tissu était relevé dans l'air comme une tente – une tente avec un poteau conséquent.

— Taylor, je ne sais pas comment dire ça, alors je vais juste cracher le morceau. Coco dit qu'Ally est un homme.

*Bon Dieu de merde* [11]. Il avança encore plus près.

— Je ne comprends pas.

—Ally est un homme. Je pensais peut-être un trans, mais Coco dit que non. Ça lui a même pris un moment pour le comprendre, mais c'est sa conclusion. Ally est un homme travesti en drag. Un drag très surprenant, mais quand même un homme. Est-ce que tu me crois ?

— Oui.

Sa voix monta d'une octave alors qu'il fixait ce mât, la preuve de la perception de Coco – et de la tromperie d'Ally.

— Bien. J'avais peur que tu ne me croies pas. Tu le savais déjà ?

— Non.

---

11 En français dans le texte

— Merde, je suis désolé, chéri. Je ne sais pas quel est son jeu, mais tes plans tombent à l'eau, sans aucun doute. Je veux dire, tu es bien marié, mais à la mauvaise personne !

— Oui.

— Qu'est-ce que tu vas faire ?

— Je ne suis pas sûr.

— Eh bien, si ça peut te consoler, même moi je suis tombé dans le panneau. J'imagine qu'être aussi jeune aide. Si tu as besoin de parler, nous sommes là, chéri.

— Merci.

— À plus tard.

Harry raccrocha.

Taylor vacilla jusqu'au fauteuil qui se trouvait à côté du lit et se laissa tomber dedans. Le poteau de tente s'était légèrement affaissé – l'érection matinale ne durait pas éternellement. Il le savait parce que – eh bien, il était un homme lui aussi.

Stonewall le dévisagea, ses yeux verts brillants, mais il ne quitta pas le côté d'Ally.

Taylor secoua la tête.

— Tu le savais, et tu ne me l'as pas dit. Merde, tu es vraiment son chat.

Qu'est-ce qui l'énervait le plus ? Qu'il n'obtienne pas l'argent parce qu'il avait épousé un imposteur menteur, ou le fait qu'Ally soit cet imposteur menteur ? Il laissa tomber sa tête en arrière contre le fauteuil confortable.


**ALESSANDRO** Macias, alias Ally May, ouvrit les yeux et regarda le plafond. Un léger ronronnement bourdonna près de son oreille. Il sourit. *J'adore ce chat. Waouh, quelle heure est-il ?* La lumière éclatante derrière les voilages répondit à cette question. Il avait eu une panne de réveil, encore. Bien que la définition de 'panne de réveil' alors que vous n'aviez pas de travail ou aucune réelle responsabilité ne soit difficilement applicable. Mince, qui aurait jamais rêvé qu'un jour comme ça viendrait ? Pendant trois semaines, il n'avait dormi que d'un œil, craignant constamment que les hommes de son père le trouvent. Chaque jour avait été un apprentissage de stress et d'évasion. Maintenant, il était là, dans un lit confortable, hors de portée de son père, avec un chat qu'il aimait et un homme… eh bien, un homme qui n'était pas intéressé par lui. Ce dont il devait sans cesse se souvenir. Mais quand même, Taylor avait été si bon.

*Réveille-toi et sens-moi ce café – littéralement.* Il devait arrêter de laisser Taylor s'occuper de toujours cuisiner. Certes, il ne pouvait faire un poulet frit ou un œuf brouillé, mais il pouvait apprendre. Diable, il se devait d'être une femme parfaite – pendant un temps.

Un ronflement lui fit lever la tête. *Nom de Dieu, Taylor.* Dormant à poings fermés. Il avait oublié de verrouiller la porte. Merde. Depuis combien de temps Taylor était-il là ?

Lentement, il baissa les yeux sur lui-même – la poitrine plate et la protubérance molle à l'entrejambe. Taylor l'avait-il vue ? Pouvait-il faire le rapprochement ? *Oh non, pourquoi est-ce arrivé ?* D'accord, vas-y au culot. Les seins avaient l'air plat quand les femmes étaient allongées, et l'entrejambe – eh bien, ce n'était pas irréfutable.

Bougeant sans bruit, il se glissa hors du lit et passa dans la salle de bains. Il gardait son slip gainant et son soutien-gorge rembourré cachés sous des serviettes au fond du panier à linge. L'eau chaude de la douche lui fit du bien. Un passage rapide de sa main sur son menton lui indiqua que le peu de duvet couleur pêche qu'il arborait sur sa mâchoire n'avait pas encore essayé de sortir. Après avoir fermé les robinets de la douche, il se sécha et commença à s'habiller. *Et s'il t'a vu ? Ne réfléchis pas. Agis.*

Après un maquillage complet, y compris la base qu'il portait pour couvrir tout duvet malvenu, il pressa ses testicules dans sa cavité corporelle, poussa son pénis en arrière et tira sur le slip gainant qui permettait à son corps d'être aussi plat que celui d'une femme. Quand il reviendrait à son état d'homme, cette partie ne lui manquerait pas. Bien sûr, quand il retrouverait sa masculinité, il n'aurait plus Taylor, et, malheureusement, cela lui manquerait.

Ses vêtements n'étaient pas dans la salle de bains, alors il enfila son soutien-gorge rembourré et le peignoir qu'ils avaient acheté la veille. Il avait déjà passé le test en pyjama de soie par deux fois ; il pouvait sûrement le faire en peignoir. Avec une profonde inspiration, il abaissa la poignée de la porte, et entra dans la chambre.

*Oh oh.*

Taylor regardait la porte ; Stony blotti sur le fauteuil à côté de lui. Seule sa main bougeait alors qu'il grattait le chat sous son menton.

Ally sourit.

— Bonjour.

— L'est-il ?

*Double oh oh.* Il alla jusqu'au lit et s'assit sur le bord. *Ne dis rien. Laisse-le parler.*

Pendant ce qui sembla être des minutes, ils se dévisagèrent simplement. Finalement, Taylor soupira.

— Tu m'as déçu.

Ally haussa les épaules.

— Oui, en quelque sorte. Je ne t'ai jamais vraiment dit que j'étais… tu sais.

— Une femme.

— Oui.

Ses yeux ne faisaient qu'observer, sans aucune chaleur.

— Mais tu savais que je cherchais une femme. Si j'avais voulu épouser un homme, j'aurais pu trouver quelques candidats.

— Oui, je le savais. C'est pour ça que je suis parti la toute première fois. Mais alors, j'ai vu les sbires de mon père à la réception, et j'ai eu peur. J'avais besoin de me cacher. Je n'avais pas prévu d'aller jusqu'au bout de cette histoire. Juste de me terrer dans ta suite pendant un moment.

— Mais tu es allé jusqu'au bout.

— Tu m'as dit que tu retournerais à San Francisco si je ne t'épousais pas, dit-il en élevant la voix. Tu as dit que tu allais tout abandonner.

Il prit une vive inspiration.

— Il ne t'est pas venu à l'esprit que j'aurais pu penser différemment si j'avais su ce que tu étais ?

Ally secoua la tête et regarda ses pieds nus. Ses grands pieds nus.

— Je sais que j'aurais dû te le dire, mais même ma meilleure amie à l'hôtel ne le sait pas. Je ne voulais pas que quelqu'un me traite différemment, y compris toi. Merde, regarde-toi maintenant. Je ne pouvais pas me permettre ça.

Taylor passa une main sur ses yeux. Il avait l'air fatigué tout à coup.

— Donc, tu as tout ce que tu voulais de cette relation, et je n'ai rien.

Il se rapprocha de lui.

— Non, ce n'est pas vrai. Je dupe les gens depuis des semaines. Merde, je ne sais pas comment tu l'as découvert, mais je sais que tu ne l'avais pas deviné avant ce matin.

— Coco savait.

Il souffla.

— J'étais vraiment inquiet là-dessus.

— Et je suis entré ici pour être accueilli par une érection de la taille de la Floride.

— Eh bien, mince, dit-il en soupirant. C'est le matin.

— Alors, que cherches-tu à dire ?

— Je peux continuer à feindre d'être une fille. À qui cela nuit-il – à part ton père, qui a essayé de te baiser, de toute façon ? J'ai une fausse identité en béton. Ça peut passer. Nous jouerons une super comédie, et je m'éclipserai tranquillement au bout de quelques mois. Tu auras ton argent. J'aurai ma liberté.

Taylor fronça les sourcils.

— Comment suis-je censé faire semblant que tu es une fille alors que je sais que ce n'est pas vrai ?

Ally se pencha en arrière sur ses avant-bras.

— Tu n'arrêtes pas d'insister sur le fait que j'aurais dû te dire la vérité. Eh bien, maintenant tu connais la vérité. Vis avec.

— C'est malhonnête.

— On combat le mal par le mal, si tu veux mon avis.

— Tu penses vraiment que tu peux continuer cette mascarade… devant des gens qui cherchent à te voir commettre une erreur ?

— Ils pensent que nous ne nous aimons pas. Ils ne s'attendent pas à ce que je sois autre chose que ce que je prétends être, et ne chercheront pas par là. Nous avons un défi plus important, celui d'essayer de les convaincre que nous avons contracté un mariage d'amour.

Taylor le dévisagea.

## *Chapitre Douze*

**STONY** se laissa lentement couler du fauteuil et marcha jusqu'au lit, où il sauta à côté d'Ally. *Taylor a dit que tu étais mon chat. J'aimerais pouvoir te garder.* Il caressa la fourrure orangée.

Taylor fronçait toujours les sourcils, mais il se pencha en avant.

— Enchanté ? Je suis Taylor Fitzgerald.

— Alessandro Macias, à votre service.

Les beaux yeux verts de Taylor devinrent énormes.

— Attends. Est-ce que ça veut dire que ta famille est propriétaire de la chaîne hôtelière Macias ?

Ally se fendit d'un demi-sourire. Ce fut le mieux qu'il put faire.

— Je t'ai dit que mon père était directeur d'hôtel.

Taylor retomba dans le fond de sa chaise.

— Nom de Dieu. Mon père essaie d'attirer l'attention du tien depuis cinq ans.

— C'est ce que je me suis laissé dire. Mon père n'approuve pas toutes ses méthodes.

Taylor haussa un sourcil.

— Est-ce le même père qui a envoyé Guido et sa clique après toi ?

— Ce serait plutôt Pedro et sa clique, mais oui. Étrangement, malgré les méthodes fortes de mon père, c'est un écologiste. Tous ses hôtels sont construits selon des normes qui respectent l'environnement.

— Là où mon père aime tout saccager.

— C'est ce que j'ai entendu.

— J'essaie de changer ça. J'ai fait quelques progrès. Mon père ne s'intéresse qu'aux petites lignes. Quand je lui montre qu'être vert est rentable, il répond.

Il posa son regard sur Ally.

— Tu ne l'as jamais rencontré, n'est-ce pas ?

— Une fois, brièvement, lors d'une réunion qu'il avait avec mon père. Mais crois-moi, j'avais l'air très différent.

La ligne entre ses sourcils dorés se creusa.

— Il apparaît que je ne peux pas te faire confiance.

Ally soupira.

— Je suis désolé que tu le voies de cette façon.

— Comment pourrais-je le voir autrement ? Tu aurais dû me le dire et me laisser prendre la décision.

Ally remonta une jambe sur le lit et continua de caresser Stony. Cela faisait baisser sa tension.

— Les chances que tu m'épouses et m'emmènes loin de Las Vegas si tu l'avais su étaient nulles.

— C'est vrai, mais j'aurais fait quelque chose. Peut-être que je t'aurais introduit clandestinement dans l'avion de la compagnie.

— Je suis sûr que Donald aurait adoré cette idée.

Il leva les bras en signe de défaite.

— Merde, je ne sais pas ce que j'aurais fait, mais tu ne m'as pas laissé le choix.

— Je suis désolé. Si j'avais vu que tu avais d'autres options – si tu n'avais pas dit que tu abandonnais – je serais parti et j'aurais essayé de survivre par moi-même. En l'état…

Il haussa les épaules.

— … l'occasion était trop bonne pour la laisser passer, et en plus, je pensais que je pourrais t'aider.

Taylor passa ses mains dans ses boucles.

*Je me demande quelle texture a ses cheveux. J'aurais dû les toucher pendant qu'il pensait que j'étais une fille.*

Ally posa ses deux pieds solidement par terre.

— Alors, vas-tu me laisser t'aider ou pas ?

— Coco savait que tu étais un homme.

— Coco est une drag-queen, pour l'amour du ciel ! J'imagine que ton père ne l'est pas.

Taylor se leva et marcha d'un pas agité vers la porte.

— Je ne sais pas. Je ne suis pas sûr de ce que je dois faire.

— Eh bien, décide-toi vite, parce que nous devrions sans doute nous préparer un peu avant d'aller chez ton père.

— Je vais y réfléchir et je te le ferai savoir.

Les épaules tombantes, il franchit la porte.

Ally se leva d'un bond, s'attirant un feulement de la part de Stony, traversa la chambre en deux enjambées, et claqua la porte derrière lui. *Là. Il pouvait aussi bien goûter à une dose de tempérament brésilien.*


**TAYLOR** alla jusqu'à sa chambre, ferma résolument la porte, et se jeta sur le lit.

— Merde. Merde. Merde.

Ce n'était pas juste.

*Oh, reprends-toi, drama queen. Tu as l'air d'avoir cinq ans. Si tu avais été à la place d'Ally, tu aurais probablement fait la même chose.*

C'était vrai ; il n'avait pas deviné qu'Ally était un homme. Bien sûr, maintenant, son attraction était un peu plus logique et c'était en fait un soulagement. *Je ne suis pas bisexuel pour elle, après tout.*

Mais cela faisait quand même mal de savoir qu'elle s'était jouée de lui. Qu'*il* s'était joué de lui. *Ah, peu importe !*

Le chat sculpté le regardait du haut de la commode. D'accord, Ally pourrait sans doute continuer la mascarade – en supposant que Taylor ne fasse pas tout royalement foirer en faisant quelque chose d'idiot. *Que ressens-tu du fait de tricher au point où tu en es ?* Diable, il avait déjà sacrément triché en prétendant épouser une femme dont il était fou amoureux. C'était juste une couche supplémentaire de tromperie. Ouais, et comparé au fait de lui cacher les termes réels du testament de son grand-père pendant six ans, son petit numéro était la tournée d'été de la troupe du Royal Shakespeare de son père.

*D'accord, c'est décidé.* Il se leva du lit et retourna dans la chambre d'Ally, où il trouva la porte fermée et verrouillée. Il frappa.

— Quoi ?

— Quitte ou double. Faisons-le.

La porte s'ouvrit à la volée. Il s'était changé et avait enfilé un jean et un tee-shirt bleu clair. Le denim sur ses hanches étroites et ses fesses fermes s'avérait dévastateur, mais les courbes féminines dominaient toujours la partie supérieure. Son joli visage détonnait.

— D'accord, mais je ne veux plus rien entendre sur le fait de t'avoir déçu et quelle horrible personne je suis. Nous sommes là-dedans ensemble. D'accord ?

— D'accord.

Taylor tendit la main, et Alessandro la prit, ferme, chaude, et soyeuse. Cet éclair de chaleur remonta dans son bras et plongea à nouveau jusqu'à son aine. Sainte merde [12], c'était comme s'il avait donné permission à son attraction, et que celle-ci savait maintenant exactement ce qu'elle voulait. *Oublie ça tout de suite !* Alessandro Macias ne voulait pas plus de lui qu'Ally May. *Ne commence pas à miner le succès de cette association par ton enthousiasme mal placé.* Il regarda le visage d'Ally.

— Tes yeux sont bleus.

— Oui. Les lentilles de contact me dérangent au bout d'un moment.

— Magnifique. Des yeux de la couleur de l'océan.

Ally baissa les yeux puis les releva à travers ses cils sombres et épais.

— Merci.

— Allons donc nous entraîner.

— D'accord.

Il se retourna et prit la direction de la cuisine. Ally le suivit.

— Tu as faim ?

— Je suis affamé.

12 En français dans le texte

— Je commençais à préparer le petit-déjeuner quand j'en ai été détourné. Je vais faire des omelettes et une salade, et nous pourrons appeler ça un brunch.

— Montre-moi comment t'aider, dit-il en souriant.

L'estomac de Taylor fit un saut périlleux. Seigneur, ce n'était pas bon du tout.

— D'accord, commence par laver et sécher la laitue.

Il tira les accessoires des placards et les tendit à Ally.

— Oooh, des cœurs de palmier. Je les adore. Les avocats aussi. Un jour, je t'emmènerai dans un restaurant brésilien pour que tu puisses essayer certaines de nos recettes salvadoriennes comme le *moqueca* et l'*acaraje*.

Cela lui plaisait.

— Peut-être que nous pouvons acheter un livre de cuisine aussi. J'aime réellement préparer des petits plats.

Il posa ses paumes jointes sur une joue.

— L'homme de mes rêves. J'adore manger.

*Fiou !*

— Très bien, ce soir nous voulons rester aussi près de la vérité que possible afin de ne pas avoir à retenir trop de mensonges.

Ally hocha la tête et essuya soigneusement les feuilles de laitue. Cela allait prendre la nuit pour faire une salade à ce rythme-là, mais il était mignon.

— Alors, comment nous sommes-nous rencontrés ?

— J'étais femme de chambre dans l'hôtel où tu as séjourné la dernière fois que tu étais à Las Vegas.

Il jeta la laitue dans un bol.

— As-tu déjà séjourné à l'Adelanta avant ? Ce serait très facile de vérifier.

— Un bon point. Oui. Et ce n'était pas mon dernier voyage. Je pense que c'était celui d'avant.

— Ça n'a pas d'importance. C'est quelque chose que je ne peux pas savoir.

— Et je t'ai entendue chanter…

— Et tu m'as traquée en appelant le service d'étage et en jouant les casse-pieds, finit-il avec un grand sourire.

— Je n'arrivais pas à croire que j'étais attiré par une femme, alors j'ai été un peu long à la détente.

— Mais tu as finalement craqué et tu m'as ramenée avec toi.

Taylor se tourna vers le réfrigérateur pour prendre le beurre et cacher l'énorme érection que cette idée lui donnait.

Quinze minutes plus tard, ils s'asseyaient pour manger. Les yeux très bleus d'Ally brillaient.

— Ça a l'air délicieux.

Taylor prit le verre de mimosa près de son assiette.

— Alors, je pense que nous sommes prêts, non ?

Ally fit tinter son verre contre le sien.

— Je le pense. Mais tu dois encore approuver ma garde-robe pour la soirée.

— Avec plaisir.


**TAYLOR** s'assit sur le canapé et attendit – pas patiemment. Seigneur, il avait une trouille bleue. Son père devait avoir un million d'entourloupes épineuses dans sa manche, et Taylor avait tellement à cacher. Passer sans mal l'invitation de ce soir semblait intimidant de ce côté de la montagne.

La porte de la chambre d'Ally s'ouvrit, et il en sortit. Non, elle, définitivement elle. Stony la suivait.

Elle portait la robe qu'ils avaient achetée lors de leur grosse fièvre acheteuse pré-anniversaire. Pas du Chanel, mais un style similaire. La robe maillée d'or s'accrochait à ses courbes masculines/féminines si amoureusement que chaque mouvement ressemblait à une caresse. Le décolleté incluait un bandeau autour du cou qui surmontait une fente spectaculaire, de sorte qu'elle n'avait pas besoin de porter un foulard. Amusant comme Taylor réalisait maintenant que ces foulards masquaient sa pomme d'Adam. Elle avait relevé ses cheveux roux en un chignon chic, et les lentilles de contact marron couvraient le bleu caribéen. Elle avait complété l'ensemble de ses hauts talons habituels.

Elle tourna sur elle-même.

— Approprié pour rencontrer le père du marié ?

— Tu es fantastique.

— Y a-t-il quoi que ce soit que tu changerais ?

Elle posa une main derrière une boucle d'oreille en or.

— Pas trop de bijoux ?

— Non, juste ce qu'il faut. Élégant sans être discret.

— Bien. Nous ne cherchons pas la discrétion.

Elle rit de ce gloussement rauque qui lui rappelait maintenant qu'elle était un 'il'.

*Tu ne le savais pas avant. Du calme.*

— As-tu un manteau ? Le brouillard est de retour.

— Zut. J'ai juste ce châle que nous avons acheté. Et ma veste de moto.

Taylor grimaça.

— Tu vas geler dans le châle, et la veste est une déclaration trop flagrante, à mon avis.

— Hmm. Marlon Brando en talons hauts.

Elle éclata de rire.

— As-tu des manteaux supplémentaires par hasard ?

— Bien sûr. Mais tu vas nager dedans.

— C'est bon. Laisse-moi essayer.

Il alla chercher le manteau pendant qu'elle disparaissait dans sa chambre. Quand il revint avec un fin manteau en gabardine, elle l'enfila puis compléta l'ensemble d'une large ceinture en cuir noire cloutée. *Waouh.*

— On dirait que ce manteau t'appartient.

— Ouais. Je fais presque ta taille dans ces chaussures, et porter des vêtements trop grands est à la mode si la taille est ceinturée.

— D'accord, plongeons-nous dans la vallée de la mort ?

Il enfila son manteau et lui offrit son bras. Stony sauta sur le canapé et les regarda comme s'il rendait un jugement.

Elle rit.

— Diable, si nous allons dans la vallée de la mort, il ne nous manque que cinq cent quatre-vingt-dix-huit combattants [13].

Ils prirent la voiture de Taylor, ce qui voulait dire qu'il dut naviguer dans le brouillard, mais la purée de pois céda dès qu'ils quittèrent la ville et qu'ils se rapprochèrent de Palo Alto.

Ally cessa de se cramponner à la ceinture de sécurité.

— Eh bien, on dirait deux mondes différents de chaque côté de la colline.

— Oui. San Francisco est un monde à part. La ville n'a pas le meilleur climat, mais tout le reste est merveilleux.

---

13 Référence à un poème de lord Alfred Tennyson 'La charge de la brigade légère'.

— C'est encore loin ?

— Quinze minutes environ. Nous sommes à Palo Alto. La maison de mon père se trouve à Woodside, en haut des collines.

Ally attrapa son sac et rajusta son rouge à lèvres comme s'il avait mystérieusement disparu au cours des cinq dernières minutes. Elle faisait de beaux discours, mais ses grands yeux de biche racontaient une autre histoire.

Ils roulèrent sur la route qui serpentait la colline, dépassèrent les immenses grilles en fer forgé des voisins de Laughton – c'est-à-dire des gens qui vivaient dans un rayon d'un kilomètre et demi de lui. Son père possédait un grand appartement en ville, mais ici, c'était chez lui.

Arrivé devant le portail, Taylor entra le code, et la grille s'ouvrit. Il se gara dans l'allée circulaire derrière deux autres voitures. Il reconnut celle de Donald. Toute l'inquisition était donc à portée de main. Il contourna la voiture pour aider Ally. Ses jambes incroyables le précédaient – la précédaient – et coupèrent le souffle de Taylor pendant une minute. Quand elle fut dans ses bras, il sourit, bien que cela lui demande un effort.

— Que le spectacle commence !

— Merde à toi.

Il lui serra le bras et la conduisit jusqu'à la porte d'entrée.

Charles l'ouvrit avant qu'il puisse sonner.

— Bonsoir, monsieur Taylor.

— Bonsoir, Charles. Je vous présente ma femme, Ally.

Charles posa une main sur sa joue.

— Oh, mon Dieu, eh bien. Vous êtes une dame charmante. Félicitations, monsieur. Votre grand-père serait très fier.

— Merci, Charles.

Ally sourit et les joues de Charles virèrent au rouge.

— Oui, merci, Charles.

— Ils sont dans la grande salle, monsieur. Puis-je prendre votre manteau, madame Fitzgerald ?

*Waouh.* Entendre ces mots de la bouche de quelqu'un d'autre l'arrêta.

Elle défit la ceinture du manteau et le fit glisser de ses épaules. Charles jeta un œil à l'étiquette et sourit, juste une légère courbure de ses lèvres.

Ally lui adressa un grand sourire.

— J'ai dû être créative. Toutes mes affaires ne sont pas encore arrivées, et il fait si froid ici.

— C'est plus inventif et à la mode, m'dame.

Taylor jeta un coup d'œil à Charles. C'était drôle qu'il ne lui soit jamais venu à l'esprit que Charles puisse être gay. Quand il était gamin, il n'avait jamais regardé son pote comme un être humain. Plus comme une partie de la maison. Mais peut-être, seulement peut-être, que toute cette sensibilité envers la mode s'ajoutait à un nœud papillon arc-en-ciel. Il offrit son bras à Ally.

— C'est parti.

Charles posa une main sur son bras.

— Ne vous inquiétez pas trop, monsieur. Je dirais que vous êtes bien en avance.

Avec un dernier regard à Ally et l'ombre d'un sourire, Charles partit avec son manteau.

*Vieille fripouille.*

— Espérons qu'il a raison.

Suivant le bruit des voix, il escorta Ally dans le vestibule jusqu'à la grande arcade qui menait dans la pièce à vivre. Ses mains étaient un peu plus froides et un peu plus tendues que d'habitude, mais à part ça, rien n'indiquait son degré de nervosité.

Son père se tenait devant la cheminée, un verre à la main, parlant à Donald et à un jeune homme que Taylor ne connaissait pas. Trois femmes étaient assises dans des fauteuils près de la baie vitrée. Il reconnut l'une d'elles comme étant la femme de Donald, une autre était l'une des diverses petites amies de son père, généralement remarquable à la taille de leur buste plus large que leur QI, et la troisième femme, jeune et jolie, devait être avec l'étranger.

Son père leva les yeux alors que Taylor et Ally s'arrêtaient sous l'arcade.

— Taylor. C'est bon de te voir.

Il posa son verre et traversa la pièce les deux mains tendues.

— Et ce doit être Ally, dont j'ai tant entendu parler.

Elle sourit amicalement, mais sacrément royale.

— C'est un plaisir de vous rencontrer, monsieur Fitzgerald.

Il secoua sa main, ses yeux ne quittant jamais son visage.

— S'il vous plaît, appelez-moi Laughton. Donald m'a dit que vous étiez quelque chose, dit-il, mais je dirais qu'il a sous-estimé ses paroles.

Le sourire d'Ally resta en place.

— Puisque ni Donald ni vous ne semblez avoir défini 'quelque chose', je ne saurais comment répondre – Laughton.

Les yeux de son père s'écarquillèrent.

— De la meilleure façon qui soit, je vous assure.

— Alors, je vous remercie.

Il lui prit le bras.

— Venez rencontrer mes invités.

Il fit un geste de la main vers le barman, qui se tenait derrière un comptoir mobile qui avait été installé près de la porte de la salle à manger.

— Que boirez-vous ?

— Du champagne, s'il vous plaît.

— Taylor ?

— Je prendrai la même chose.

— Mais oui, c'est une célébration, si l'on veut.

Le salaud. Il conduisit Ally jusqu'aux deux hommes.

— Vous connaissez Donald, mon avocat.

Elle acquiesça, mais n'offrit pas sa main.

— Ravie de vous revoir, Donald.

— Et voici Izzy Smith. Il est également avocat, mais contrairement à Donald, il est spécialisé en droit immobilier.

La main de Taylor se resserra sur la sienne, et Ally la pressa en retour. Elle acquiesça.

— Comme c'est charmant de vous rencontrer – pour une agréable soirée familiale à la maison.

Oh, Seigneur, il voulait éclater de rire, mais il se contenta d'une autre pression.

Le barman amena deux flûtes de champagne. Ally accepta la sienne.

— Merci. Voulez-vous m'excuser un moment, messieurs ?

Elle se pencha et sourit à Taylor.

— Je veux rencontrer les dames.

Elle se dirigea vers l'endroit où les trois femmes étaient assises, et il l'entendit leur dire :

— Bonjour. Je suis Ally.

Il regarda Laughton.

— Vous avez assurément misé sur la subtilité avec cette inquisition.

— Deux personnes peuvent jouer à tes jeux, Taylor.

— Ce sont vos jeux. Vous nous avez mis dans cette situation délicate, et je ne joue pas. Une loupe n'est pas nécessaire pour savoir pourquoi j'ai craqué pour Ally.

Une minuscule lueur de quelque chose – de doute, peut-être – traversa son visage ; puis il sourit avec mépris.

— Cinquante millions achètent beaucoup de classe.

Donald secoua la tête et posa son regard de l'autre côté de la pièce, à l'endroit où Ally était assise et discutait avec les autres femmes – euh, avec les femmes.

— Difficile de croire que ceci soit sorti du service d'étage d'un hôtel.

— Alors vous comprenez à quel point j'ai été surpris. Vous devriez l'entendre chanter. C'est ce qui m'a captivé avant même que je la rencontre.

Smith intervint dans la conversation.

— Elle est charmante. Là n'est pas la question. Le fait est qu'un homme gay ne devient pas hétéro en une nuit même lorsque cinquante millions de dollars en dépendent.

Taylor haussa un sourcil.

— Oh vraiment ? Vous êtes un expert en homosexualité, monsieur Smith ? Parce que j'ai vu des hommes qui pensaient qu'ils étaient gays et ont découvert qu'ils étaient bisexuels. Il est bien plus de choses existant dans le continuum sexuel, Horace, que n'en rêve ta philosophie.

La référence shakespearienne passa clairement au-dessus de Smith, mais pas au-dessus de Donald, qui ravala un grognement.

## *Chapitre Treize*

— **LE** dîner est servi, annonça Charles sur le seuil de
la salle à manger.

Sauvé par le gong. Taylor alla rejoindre Ally et lui
offrit sa main.

Elle la prit, et l'embrassa sur la joue, ce qui provoqua
bien trop d'action dans ses régions inférieures.

— Chéri, je te présente Gretchen Smith.

La jolie blonde lui offrit un grand sourire.

— Et tu connais la femme de Donald, Mary Ann.

Il sourit.

— Ravi de vous revoir.

— Et je suis sûre que tu connais l'amie de ton père
Shelly.

— Bonsoir, Shelly.

— Salut, Taylor, tu t'es assurément trouvé une jolie fille ici. Félicitations. Hé, je pensais que tu étais gay.

Laissez le soin à Shelly de sauter dans le brasier la tête la première.

— Eh bien, disons qu'Ally m'en a en quelque sorte dissuadé.

Il retourna le baiser sur la joue d'Ally et voulut s'attarder, ce qu'il fit le temps d'une seconde.

— Ooooh. Vous êtes si mignons.

— Je pense qu'ils veulent que nous rejoignions la salle à manger pour dîner. Puis-je toutes vous escorter ?

Ally prit un bras, Shelly l'autre, puis elles lièrent leurs bras avec les deux autres femmes. En une ligne, ils traversèrent la pièce principale en riant. Quand ils rencontraient un obstacle, la ligne s'arrêtait et permettait à la personne de négocier la chaise, le pouf ou la table avant de revenir dans la ligne. Les hommes les dévisageaient comme s'ils étaient tous fous. Lorsqu'ils atteignirent la porte de la salle à manger, leur étendue défiait la largeur de l'ouverture, mais ils se tassèrent les uns contre les autres pour pouvoir tous passer sans se lâcher les bras.

Charles rit.

— Bien joué, monsieur. Vous avez raflé tous les prix.

Une à la fois, Taylor tint leurs chaises. Les hommes vaquaient de leur propre côté, l'air agacé, mais ne disant rien. Puisque Taylor s'occupait d'asseoir ces dames, il put arranger leur placement à sa guise, installant Gretchen Smith à côté de lui, et la femme de Donald, Mary Ann, à côté d'Ally. Cela limiterait peut-être les interrogatoires. Certes, ce n'était pas un placement garçon fille, mais peut-être que personne ne dirait rien.

Ally et Mary Ann engagèrent immédiatement la conversation. Laughton les regardait comme s'il voulait les séparer, mais n'en avait apparemment pas le courage. *Bien.*

La soupe fut servie, et tout le monde commença à manger. Taylor se tourna vers Gretchen.

— Est-ce que monsieur Smith et vous avez des enfants ?

— Je suis sûre qu'il voudrait que vous l'appeliez Izzy et, oui, nous en avons. Deux garçons turbulents.

— Cela doit vous tenir occupée, dit-il en prenant une cuillère de son bouillon de poulet.

— Oh, ce sont des enfants super, mais j'ai une nounou à plein temps. Je possède une chaîne de boutiques dans le sud de la Californie.

— De mode féminine ?

— Oui. J'admirais la robe de votre femme, en fait. Je propose ce design dans mes boutiques, mais je ne l'avais jamais vu porté d'une façon si stylée.

Il sourit.

— Ally est très créative.

— Elle m'a dit qu'elle était femme de chambre quand vous l'avez rencontrée.

— Euh, oui. Je l'ai entendue chanter et je suis tombé amoureux de la voix avant d'être séduit par la femme.

— C'est incroyable que quelqu'un de si créatif fasse des lits et nettoie des salles de bains pour vivre.

— Oui, eh bien, elle établissait une certaine indépendance vis-à-vis de sa famille, il me semble.

*N'en dis pas plus le temps de coordonner les histoires avec Ally.*

— Je veux l'entendre chanter.

— Je suis sûr qu'une occasion se présentera.

— Pourquoi pas un peu plus tard ?

Il haussa les épaules.

— Probablement pas ce soir. C'est un peu un baptême du feu pour Ally et moi. Elle pourrait ne pas vouloir se produire pour des avocats.

Il sourit.

— Sans vouloir vous offenser.

— Pas du tout.

Elle termina sa soupe, et Charles enleva rapidement l'assiette.

— Izzy m'a un peu parlé… elle baissa la voix… des enjeux. Vous ayant rencontré, je pense que tout ceci ne rime à rien. Qui ne tomberait pas sous le charme de cette femme ? Merde, je me la ferais moi-même.

Elle rigola, la voix enrouée, et il se joignit à elle.

Alors que des assiettes garnies de salade étaient servies, il haussa les épaules.

— Parfois, les intérêts des gens les aveuglent devant la vérité.

— C'est certainement vrai.

Ally lui toucha le bras. Il sut que c'était sa main, parce que son sexe se réveilla. Au moins maintenant, il comprenait pourquoi il réagissait si vivement à son contact. Elle lui sourit.

— Excuse-moi de t'ignorer. Mary Ann et moi adorons toutes les deux la musique, alors nous avons comparé nos chanteurs préférés.

— C'est bon, ma chère. J'étais entre de bonnes mains, dit-il en souriant à Gretchen.

Ils avaient bavardé, terminé leur salade, et le rôti de bœuf avait été servi avant que la voix de son père interrompe leur bavardage.

— Alors, Ally, pourquoi ne pas nous raconter comment Taylor vous a charmée ?

Pure désobligeance.

Elle noua ses doigts avec ceux de Taylor sur la table et lui adressa un sourire qui aurait fait fondre la toundra arctique en un seul coup de vent.

— Il ne le sait pas, mais je l'ai vu avant qu'il me voie. Il traversait le hall d'entrée pour se rendre au comptoir de la réception alors que je me préparais à finir mon service. Je me rappelle avoir pensé qu'il était bel homme.

Taylor embrassa ses doigts.

— Tu ne me l'as jamais dit, friponne.

— Je n'ai jamais rêvé que je te reverrais.

Taylor sourit et rejoua ce moment dans le hall d'entrée de l'hôtel.

— Mais ensuite, je marchais dans le couloir menant à ma suite, et j'ai entendu une voix magnifique venant de l'une des chambres de l'étage. Le portier m'a dit que ce devait être un invité parce qu'il y avait beaucoup de stars de cinéma et de rock-stars qui séjournaient à l'Adelanta. Puis j'ai demandé davantage de serviettes, et cet ange me les a apportées. Alors qu'elle les disposait dans ma salle de bains, je l'ai entendue chanter et j'ai su que je devais la rencontrer.

Son père haussa un sourcil.

— Une décision étrange pour un homme gay.

— Je suis entièrement d'accord. J'ai débattu avec moi-même, mais j'ai finalement réussi à croire que je le demandais vraiment seulement à cause de la musique.

Ally rigola.

— Il a pourtant pratiquement retourné le service d'étage parce qu'il me cherchait.

— Je pensais que ton amie allait retourner une arme contre moi, tant elle était inquiète.

— Oui, Conchita est très protectrice.

Elle regarda leurs mains jointes.

— Il m'a avoué qu'il était gay. Je dois avouer avoir été très déçue. Et il a quitté l'hôtel. Mais alors, il m'a appelée – juste pour parler, m'a-t-il dit.

— Ouais, je lui ai parlé jusqu'à retourner à Las Vegas et pour lui dire que je ne comprenais pas, mais que j'étais clairement bisexuel pour elle. Peu de temps après, je lui ai demandé de m'épouser.

Elle regarda les trois hommes à table avec un défi lancé derrière ses grandes lentilles de contact marron.

— Nous allions à l'origine planifier un beau mariage, mais Taylor m'a demandé si j'étais prête à l'épouser plus tôt. Bien sûr, j'ai dit oui.

— Parce que vous vouliez l'argent, intervint Smith.

— Non, idiot, cracha Gretchen, parce qu'elle l'aime. Et c'est évident pour chaque personne dans cette pièce – y compris, toi.

Ally lui sourit.

— Merci, Gretchen. Taylor veut faire des choses tellement merveilleuses avec l'argent que son grand-père lui a laissé.

Subtile emphase sur le 'lui'.

— Je ne peux imaginer quelqu'un qui ne voudrait pas qu'il l'ait.

*Touché !*

Ally laissa glisser sa main de la table et la posa sur la cuisse de Taylor, où la combinaison de son cran et de la pure sensualité de l'homme sous la robe lui donnèrent envie de traîner Ally dans un placard. *Mieux encore, peut-être devrais-je la baiser. Cela pourrait les convaincre.*

Charles entra à ce moment-là avec un plateau sur lequel trônait une omelette norvégienne.

— Est-ce que tout le monde est prêt pour le dessert ?

Ally hocha la tête.

— Merci, Charles. Personnellement, j'adorerais un peu de… douceur.

Waouh, cette femme – traduisait cet homme – avait du répondant, et le grand sourire de Charles démontrait son appréciation.

Ils retournèrent à leur bavardage en mangeant le dessert.

Gretchen leur adressa un énorme sourire.

— J'ai adoré votre histoire d'amour.

Ally lécha la meringue sur sa lèvre, ce qui envoya sa libido sur orbite. Elle sourit.

— Merci. Je doute que quelqu'un ici partage votre sentiment.

Gretchen leva son verre de vin.

— Qu'ils aillent se faire foutre.

Après le dessert, ils se retirèrent tous dans le salon pour le café et les liqueurs. Taylor s'abstint. Conduire sur la route sinueuse de montagne était un défi pour un homme sobre, beaucoup moins pour un homme ivre.

Gretchen s'installa à côté de son mari sur le canapé, mais le langage du corps ne transmettait pas l'amour épanoui.

— Ally, y a-t-il une chance pour que, vous chantiez pour nous ?

Ally baissa la tête.

— Oh, merci, mais je ne pense pas. Il n'y a pas de musique et je ne voudrais pas que tout le monde se sente obligé d'écouter.

Shelly se leva d'un bond du tabouret sur lequel elle était perchée.

— Oh, je sais jouer, et il y a un piano dans la salle de musique.

Laughton fronça les sourcils, mais garda le silence, parce que tous les autres, même les hommes, encouragèrent la représentation.

Hmm. Shelly pouvait-elle vraiment jouer ? La naïveté de la femme penchait souvent du côté de la bêtise. *Eh bien, il n'y avait pas grand-chose à faire à ce sujet maintenant.*

Ils traversèrent tout le couloir jusqu'à la salle de musique. Shelly s'assit au clavier et étira minutieusement ses mains. Hum, peut-être pas un bon signe. Ses doigts enfoncèrent les touches et… putain de merde. La musique coula alors qu'elle interprétait une simple chansonnette – de Chopin !

Tout le monde, y compris Laughton, resta stupéfait. Ally rayonnait. Shelly lui fit un clin d'œil.

— La clé ?

— F.

— Génial. Connaissez-vous celle-ci ?

Elle commença une intro qui se transforma en 'Till There Was You'.

Et alors, Ally se mit à chanter.

Le riche contralto et toute cette raucité – Taylor réalisant seulement maintenant qu'il s'agissait d'un ténor – emplirent la pièce comme de l'ambre liquide. Donald frissonna visiblement, et Gretchen joignit ses mains de plaisir.

À travers son cerveau, ou peut-être était-ce son cœur, des oiseaux qu'il n'avait jamais entendus chantaient – tout cela à cause d'elle. De lui.

Elle regarda ses mains, puis leva les yeux et chercha ceux de Taylor. Ils se connectèrent et un éclair de feu remonta le long de sa colonne vertébrale. Doux Jésus, cette créature le fascinait. Quand elle commença à chanter à propos de l'amour qui les entourait, son père, les avocats, et tous les mensonges et la colère dans la pièce s'évanouirent. Seule Ally existait.

Les doigts de Shelly glissèrent et sa musique dansait avec la voix d'Ally. Doucement, elles se rapprochaient de la fin, et les grands yeux écarquillés d'Ally lui assuraient que rien n'avait été pareil avant lui. *Waouh*. Mary Ann s'essuyait les yeux, Izzy avait l'air choqué, Gretchen applaudissait avec ferveur... et Laughton avait juste l'air énervé.

Taylor s'avança et embrassa doucement ses lèvres douces et chaudes.

— C'était magnifique. Merci.

Gretchen éclata de rire.

— Eh bien, je comprends tout à fait pourquoi tu devais rencontrer quelqu'un avec une voix pareille. Vous avez du coffre, ma fille.

Ally sourit doucement.

— Je vous remercie. Et merci, Shelly. Vous êtes incroyable.

La jeune femme rayonnait. À l'évidence, ce n'était pas un compliment qu'elle entendait très souvent, et Taylor se donnait un coup de pied mental pour l'avoir étiquetée si vite.

Taylor inspira.

— Nous ferions mieux d'y aller maintenant, étant donné que nous conduisons pour retourner en ville.

— Laisse-moi passer quelques minutes aux toilettes d'abord.

Charles lui indiqua la direction, et elle emprunta le couloir, avec un joli déhanché.

Taylor s'aventura dans la salle à manger pour déposer sa tasse de café sur la table. Alors qu'il retournait vers le salon, il entendit parler Smith.

— Il n'y a aucune preuve pour soutenir ton idée que ces deux-là se sont mariés pour en tirer un avantage. Ils ont l'air amoureux, et je pense que tu auras des problèmes à convaincre un juge du contraire.

Taylor s'arrêta et se servit de l'eau d'une carafe. Il pouvait aussi bien en écouter autant que possible.

La voix de son père gronda méchamment.

— Des conneries ! Les tigres ne changent pas leurs rayures en une nuit. J'ai besoin de cet argent, et j'ai besoin que tu prouves qu'ils mentent. Convoque-les et pose-leur des questions. Tu sais, comme un interrogatoire de police. Mets-les dans deux pièces séparées et passe-les au grill, bon sang. Tu trouveras quelque chose. J'en suis certain.

— Ce n'est pas très orthodoxe dans un cas comme celui-ci.

— Il ne le sait pas, et je m'en fiche. Fais-le.

Taylor les entendit bouger et sortit par l'autre porte de la salle à manger qui donnait dans le couloir. Il tomba sur Ally qui revenait des toilettes et lui prit la main.

Elle haussa un sourcil.

— Qu'y a-t-il ?

— Je te le dirai quand nous serons dans la voiture.

Ally étreignit Gretchen, Shelly et Mary Ann. *Que penseraient ces femmes si elles savaient que l'étreinte venait d'un très bel homme ?* Elles aimeraient sans doute ça.

Ally sourit.

— Merci à toutes d'avoir été si accueillantes. J'espère que je reverrai chacune de vous.

Gretchen lui tendit une carte.

— J'espère que vous m'appellerez, dit-elle avec un clin d'œil. La boutique pourrait faire bon usage de votre sens du style.

— Ça m'a l'air amusant.

Smith avança vers Taylor, jetant un coup d'œil à Laughton.

— Nous devons fixer un rendez-vous afin que je vous interroge, Ally et vous, et détermine si vous répondez aux critères du testament.

— Oh ? Est-ce une pratique courante ? J'aurais pensé que les souhaits de mon grand-père étaient plutôt clairs.

— Euh, oui, c'est une procédure d'opération standard, pour ainsi dire. Quand pouvez-vous le faire ?

— Appelez-moi demain au bureau, et je vérifierai nos disponibilités.

— Hum, j'aimerais le faire au plus tôt.

— Je suis sûr que vous aimeriez.

— Nous voulons que ce soit réglé rapidement, intervint Laughton.

— Oui. Oui. Bonsoir, tout le monde.

Il prit la main d'Ally, et ils se dirigèrent vers la porte d'entrée, où Charles les retrouva avec leurs manteaux.

— Ravi de vous avoir rencontrée, madame Fitzgerald.

— S'il vous plaît, Charles, appelez-moi Ally.

Le vieil homme sourit et hocha la tête.

— Avec plaisir. Je sais combien le grand-père de Taylor vous aurait aimée.

— Comme c'est gentil à dire. Merci beaucoup.

Le brouillard avait diminué, mais le froid humide s'infiltrait dans les os de Taylor à travers son manteau. Combien de temps encore pouvait-il attendre d'Ally qu'elle poursuive cette incroyable mascarade ? Il l'aida à monter dans la voiture.

Dès qu'il eut bouclé sa ceinture de sécurité et commencé à conduire, Ally se tourna vers Taylor.

—Alors, ils veulent faire une sorte d'interrogatoire ?

— Oui. C'est exactement ça.

Il jeta un coup d'œil à Ally, qui s'était défait d'un grand nombre de ses artifices féminins et était assise avec un genou replié sur le siège et son autre jambe étendue devant elle, dans une posture masculine très mignonne. Taylor ramena son regard sur la route.

— Écoute, je sais que tu n'as pas signé pour ce genre de conneries. Je peux juste dire à mon père que je ne veux pas te faire subir les absurdités qu'il veut t'imposer et me retirer de toute cette histoire.

Ally haussa un sourcil sombre.

— Tu plaisantes ? Je ne laisserai pas ce fils de pute gagner même si cela doit me coûter mon dernier souffle de vie.

Taylor rit. Cela répondait à la question de savoir combien il pouvait demander de plus à miss Ally May.

## Chapitre Quatorze

**LE** temps que Taylor coupe le moteur dans le parking de son immeuble, sa peau lui semblait trop serrée dans beaucoup d'endroits, la plupart en dessous de la ceinture. Ally avait passé tout le trajet à alternativement étirer ses longues jambes et les ramener sous lui, montrant des mètres de chair masculine nue, lisse, et ferme, de la cheville à la hanche. Taylor n'avait jamais su qu'il aimait les hommes vêtus en drag, mais Seigneur, ses goûts semblaient se former autour de tout ce qui composait Alessandro. L'homme l'excitait, tout simplement. Il l'avait fait en tant que femme, et maintenant, en tant qu'homme dans des vêtements de femme, il donnait envie à Taylor de commettre des actes indécents dans des lieux publics – comme sur le bord de l'autoroute. Et il semblait inconscient de son effet sur Taylor, ce qui ne faisait qu'ajouter à l'attrait.

Regarder ces mêmes longues jambes marcher devant lui dans le couloir rendait Taylor sérieusement heureux de porter un manteau pour couvrir le poteau de téléphone qui s'était invité dans son pantalon. Ally attendit à la porte que Taylor l'ouvre. Il fallait qu'il lui donne une clé.

En entrant, Ally jeta un coup d'œil par-dessus son épaule.

— Dans combien de temps veulent-ils faire l'interrogatoire ?

Taylor ferma la porte. Pouvait-il enlever son manteau, ou son bâton enflammé se verrait-il toujours ?

— Smith a juste dit 'au plus tôt'. Comme je connais Laughton, il veut nous donner le moins de temps possible pour nous préparer.

— Alors, nous ferions mieux de commencer à pratiquer.

Ally défit la ceinture et fit glisser le manteau de Taylor de ses épaules. Alors que Taylor le pendait dans le placard de l'entrée, Ally entra dans le séjour ouvert, son cul se déhanchant dans le vêtement moulant.

*Et... décollage !* Le sexe de Taylor se releva d'un coup, et son cerveau grilla.

— Ally ?

— Oui ? dit-il en regardant par-dessus son épaule dans un mouvement si inconsciemment séducteur qu'il aurait dû être fessé pour ça, et cela lui semblait une très bonne idée.

— Es-tu gay ?

Ce rire profond et sensuel gronda au travers de sa poitrine rembourrée.

— Est-ce que tu plaisantes ?

— Ton père veut que tu épouses…

— Une femme. Riche et influente. Dixit l'homme qui veut faire le bien pour sa famille et dissuader son fils de sa perversion en même temps.

— Pas étonnant que tu te sois enfui.

— Oui. Peux-tu imaginer vivre une telle vie ? Non seulement, marié à un membre du mauvais sexe, mais un que tu ne connais même pas ni n'apprécies ?

Il frissonna.

— Tu ne me connaissais pas.

Ses lèvres s'incurvèrent.

— Vrai. Mais j'étais désespéré…

Taylor sentit son estomac flancher.

— Et je t'ai tout de suite apprécié. Instinctivement.

Ally se débarrassa de ses chaussures d'un coup de pied, soupira, et les ramassa.

— En plus, je pensais que tu étais sexy.

Avec un balancement de ce postérieur infernal, il remonta le couloir.

Taylor lutta pour reprendre son souffle. *Sexy ? Il pense que je suis sexy ?* Il arracha sa cravate et déboutonna sa chemise en même temps, il courut jusqu'à sa chambre, jeta ses vêtements sur le lit, et enfila le pantalon de survêtement et le tee-shirt dans lesquels il aimait dormir. *Sexy. Il pense que je suis sexy.*

*Okay, un peu de contrôle, Taylor.*

Inspirer par le nez. Expirer par la bouche. Inspirer par le – *connerie !*

Il courut dans le couloir comme si quelqu'un avait enflammé la mèche d'un canon derrière lui. Ce n'était pas engageant ; la porte d'Ally semblait fermée. Il testa la poignée qui répondit en douceur, aussi facilement qu'une glissade en enfer. Il poussa la porte.

— Ally ?

Stony le regarda depuis l'oreiller d'Ally. Ally devait être dans le placard, parce qu'il n'était pas en vue.

— Oui ?

Il sortit du placard dans son peignoir blanc. La planéité de sa poitrine sous la soie suggérait qu'il s'était défait de sa robe de soirée – à l'exception du maquillage.

Taylor prit une inspiration.

— Je pense que nous devons commencer à pratiquer tout de suite.

Il écarquilla les yeux. Il avait retiré ses lentilles de contact, et la couleur bleu océan brillait.

— D'accord, si tu le penses.

Taylor avança dans la chambre.

— Oui, je pense que nous devons commencer par nous embrasser. On ne sait jamais ce qu'ils pourraient te demander, n'est-ce pas ?

Un petit sourire narquois monta aux lèvres d'Ally, mais il hocha la tête.

— Oui, ce qu'ils demandent pourrait être ardu.

Taylor se rapprocha davantage.

— Ils pourraient vouloir savoir exactement comment tu aimes être embrassé.

— Humm. Voyons voir. Je leur dirais que j'aime toutes sortes de baisers. Parfois doux, lents et persuasifs. D'autres fois, si ardents et passionnés que je n'aie pas le temps de réfléchir.

*Invitation – livrée et acceptée.*

Taylor combla l'espace entre eux, saisit Ally par les épaules et l'attira contre sa poitrine, laissant sa bouche se refermer… sur le paradis.

*Mon Dieu, si chaud, profond et doux.* Il pouvait encore goûter sur les lèvres d'Ally le vin qu'elle avait bu au dîner, mais au-dessous coulait une saveur riche qui lui rappelait la menthe et une pointe de cannelle. Taylor utilisa sa langue pour explorer des recoins secrets, à la recherche de nouveaux mondes exotiques.

Un son, entre le gémissement et le ronronnement, vibra de la gorge d'Ally qui agrippa le cul ferme de Taylor, ses doigts s'enfonçant dans le tissu lâche de son pantalon de survêtement et s'aventurant presque entre ses fesses. *Oh oui, ce n'était pas une rosière qu'il tenait dans ses bras.*

Le baiser d'Ally l'embrasa comme un lance-flammes l'aurait fait, mais le membre dur qui se dessinait sous le peignoir de soie le mit presque KO. Il recula.

— Waouh. C'est la première preuve réelle qui m'assure que tu es bien un homme, si tu ne comptes pas l'érection matinale.

Ally prit la main de Taylor et l'enroula autour de cet appendice très proéminent, à travers la soie. Il sourit.

— Votre honneur, la défense n'a plus de questions.

Taylor rit et haleta en même temps.

— Maintenant que je l'ai, je pourrais ne jamais le laisser partir.

Ally se pencha et murmura :

— Jusqu'à ce que j'en aie besoin, tu peux l'avoir.

— C'est le meilleur anniversaire de ma vie.

Il fit glisser la soie jusqu'à la base du sexe d'Ally, puis de nouveau jusqu'à la pointe. Derrière ce tissu féminin se trouvait un homme au corps ferme, et excité. Il pompa à plusieurs reprises.

Ally inclina la tête en arrière, les cheveux roux tombant en cascade dans son cou.

— Tu le polis pour qu'il brille ?

— Ouais, pour l'encourager.

— Oh, toi !

— Je dois le voir.

Il poussa Ally en arrière de trois pas, jusqu'à ce que ses mollets touchent le bord du lit et qu'il tombe sur la couette bleue moelleuse. Quelle vision ! De brillants cheveux roux qui contrastaient sur le tissu doux, de longues jambes, juste assez écartées pour tenter, mais sans révéler.

Taylor se pencha en avant, prit la ceinture du peignoir, et tira. Elle glissa comme, eh bien, de la soie, et le devant s'entrouvrit juste de quelques centimètres, dévoilant une longue bande de peau blanche presque choquante sur une poitrine très plate. Pas de seins. Son cerveau pouvait être désorienté par les nombreux genres d'Ally, mais son sexe ne l'était pas, définitivement. Il poussait si fort contre son pantalon qu'il aurait aussi bien pu héberger un cheikh et son harem.

En parlant de tentes, le devant du peignoir d'Ally remontait comme s'il était suspendu à un piquet central. Avec un mouvement du poignet, Taylor écarta le tissu blanc, et le découvrit enfin. Long et mince, comme l'homme lui-même, avec une tête évasée qui luisait d'une couleur rosée sous la lumière tamisée. Là où il aurait dû y avoir des poils, il n'y avait qu'une peau douce et brillante.

— Tu te rases ?

— Oui. Le slip gainant frotte contre les poils et il n'est que plus inconfortable à porter. Est-ce que ça te dérange ?

— Sûrement pas. C'est foutrement sexy.

— Bien, dit-il en battant de ses cils toujours maquillés.

— Je suis tellement content que tu sois un homme.

— Moi aussi, chéri, mais tu as une raison particulière ?

— J'étais tellement inquiet d'être devenu hétéro comme par magie, ou du moins bi, du jour au lendemain après avoir annoncé au monde entier que j'étais gay.

— Qu'est-ce que tu veux dire ?

— Tu m'attirais tant que j'étais prêt à baiser une femme. Quelque chose que je n'ai jamais fait.

Ses cils se baissèrent, couvrant ses yeux à demi.

— Maintenant, tu peux me baiser sans une once de culpabilité.

La vache ! Taylor se jeta sur Ally et rampa contre ce membre dur jusqu'à ce que la chose soit pressée dans le V formé par ses jambes et coulisse avec son propre sexe.

Ally tira sur son pantalon de survêtement.

— Enlève ce fichu machin.

Il se redressa, fit passer le tee-shirt par-dessus sa tête, puis se laissa tomber sur le cul et arracha le pantalon de ses jambes. Enfin nu. Parfait.

Ally était également exposé, mais encadré d'une aura de soie chatoyante. Aucun poil sur son corps n'indiquait que le roux n'était pas sa couleur naturelle, mais la blancheur de sa peau, qui ne présentait aucune tache de rousseur, suggérait que le noir pouvait être la couleur réelle des cheveux de son amant. Taylor retint son souffle. *Est-ce que je viens vraiment de penser ça ?*

Avec une lenteur délibérée, Taylor se baissa vers la proéminence qui avait capturé son attention. Sortant sa langue, il lécha la pointe, et Ally poussa un petit cri.

Taylor rigola.

— Je fais juste des recherches pour notre interrogatoire. Je veux dire, que vais-je répondre s'ils me demandent : 'Quel goût a la queue de votre femme, monsieur Fitzgerald ?'.

— Je pense que tu ferais mieux de le découvrir. Et fais-le vite, avant que je m'en prenne à toi avec un marteau pour me taquiner si impitoyablement.

Taylor rit et plongea, avalant le sexe d'Ally profondément en un seul mouvement. *Enfin. Oh. Mon. Dieu.* Le sel, le musc, mais au-dessous de ça, la douceur qu'était Ally. Taylor bava un peu, laissant sa langue explorer les coins et recoins – sous le gland évasé, dans la fente, puis traçant les veines proéminentes qui sillonnaient le long sexe. Quand il atteignit la base, il enfouit son nez dans la belle paire de testicules et les gratifia d'un coup de langue avant de remonter jusqu'à la pointe et l'engloutir à nouveau. Sa tête oscillait alors qu'il prenait le membre profondément dans sa gorge, puis remontait jusqu'au gland, puis descendait à nouveau profondément. De haut en bas et inversement, augmentant la succion à chaque passage.

Ally craqua, poussant ses hanches si haut que son dos se cambra au-dessus du lit. Soudain, il enfouit ses doigts dans les cheveux de Taylor.

— Attends. Attends. Baise-moi avant que je jouisse. S'il te plaît.

Taylor abandonna le sexe d'Ally avec un pop.

— Oh, tu le demandes si gentiment. Mais as-tu les fournitures nécessaires à portée de main ?

— Merde.

Il secoua la tête.

— Je n'ai pas eu de relations sexuelles depuis des mois.

— J'ai ce qu'il faut dans ma salle de bains. Veux-tu que j'aille chercher tout ça ou que je finisse de te sucer ?

— Non, non. Vas-y. En plus, je veux voir ton tatouage.

Taylor sauta du lit, agita son cul pour montrer les mots 'Queer Power', et laissa sa queue le conduire rapidement jusqu'à l'armoire à pharmacie. Après avoir récupéré des préservatifs et du lubrifiant, il retourna en courant dans la chambre d'Ally et s'arrêta net. *Putain de merde.*

Un cul blanc immaculé brillait comme une lune au milieu du lit où Ally reposait, sa tête sur le matelas et ses fesses en l'air. *Zone cible.*

— Tu vas avoir besoin d'être sérieusement préparé si tu n'as pas eu de relations sexuelles depuis si longtemps.

— Nooon. Fais-le. Fais-le vite.

Ally s'activait sur sa propre hampe.

Taylor déroula le préservatif sur son sexe, puis le lubrifia. Il versa davantage de liquide dans sa main et badigeonna deux doigts. Doucement, il les insinua entre ces globes lunaires et dans le canal brûlant d'Ally. La chaleur enveloppante l'arrêta net. *Je dois entrer là-dedans. Maintenant. Non, ne lui fais pas de mal. Va lentement.* Son pénis ne voulait rien entendre du scénario 'va lentement'.

— Merde ! Baise-moi maintenant !

Apparemment, Ally non plus.

Taylor positionna son sexe et poussa doucement. Quelques inflexions, mais l'accès ne céda pas.

Ally gémit comme s'il avait perdu un bras.

— D'accord, d'accord.

Taylor se pencha en avant et poussa fortement. Son membre passa l'anneau de muscles et, avec un pop, pénétra le sanctuaire intérieur d'Alessandro Macias. Taylor eut le souffle coupé et son corps se figea. Une vague de profonde douceur s'insinua dans sa poitrine et enflamma son cœur. *Maison. Quoi ?*

Puis le feu remplaça la chaleur, et il commença à pousser.

Ally gémit plaintivement.

— Ouiiiii.

Leurs grognements et gémissements prirent en charge la partie audio du programme. Taylor claqua ses hanches, et Ally poussa à sa rencontre. Il passa un bras autour de la taille d'Ally et écarta sa main d'une tape avant de s'emparer de son sexe. Instaurant un rythme, il poussa et pompa, poussa et pompa. Les bruits d'Ally, définitivement non féminins, devinrent de plus en plus forts, culminant sur un cri aigu puis un petit *aaah* soutenu. Son corps mince s'immobilisa et une humidité chaude se déversa dans la main de Taylor. Il ressentit cela comme un cadeau – quelque chose de spécial de la part d'un homme spécial.

Il claqua ses hanches une, deux, trois fois et puis – Dieu du ciel. Une sorte d'éclair remonta à toute vitesse le long de sa colonne vertébrale, explosa dans sa tête, le monde devint blanc, puis noir, et chaque cellule de son corps grilla sous le plaisir. Il haleta et frissonna. Il n'avait plus aucun contrôle. Il tressaillit avec le premier jet, puis de nouveau. Encore. *La redéfinition de l'orgasme avec un O majuscule.* Il tomba en avant sur le dos d'Ally, et ils s'écrasèrent ensemble sur le lit moelleux.

*Inspire par le nez et expire par la bouche.* Réapprendre à respirer.

Ally se mit à rire.

— Eh bien, ça valait la peine d'attendre.

Taylor se joignit à lui. Il glissa du dos d'Ally et s'allongea à côté de lui. Ally se tourna pour lui faire face.

— La prochaine fois, faisons ça face à face.

Taylor l'embrassa sur le nez.

— Je suis si heureux d'entendre que nous aurons une prochaine fois.

— Tu plaisantes ? Donne-moi une minute, et je serai prêt à remettre ça.

De près, le bleu de ses yeux le transperçait d'une chaleur brûlante.

— Me ferais-tu une faveur ?

— Tout ce que tu veux.

— Enlèverais-tu ton maquillage afin que je puisse voir le véritable Alessandro ?

Ally sourit, et son sourire semblait presque timide.

— Merci de le vouloir. Bien sûr, cela veut dire que je dois bouger.

— Je pourrais t'apporter un gant de toilette. Nous devons nettoyer de toute façon.

— Non. Enlever ce magma infâme nécessite un démaquillant industriel puissant. Tu veux regarder ?

— Si ça ne te dérange pas.

— Pour dire la vérité, je suis un peu nerveux, dit-il en baissant la tête.

— Pourquoi ?

— Peut-être que tu ne m'aimeras pas en garçon.

— Euh, excusez-moi, monsieur. Est-ce votre cul que je viens juste de baiser ?

— Eh bien, en effet.

Il rigola, se décala, et passa ses jambes par-dessus le bord du lit. Taylor le suivit dans la salle de bains.

La salle de bains de la chambre d'amis était presque aussi luxueuse que la principale, et Ally disposait d'une belle coiffeuse intégrée dans un mur, avec de brillantes lumières tout autour. Il avait installé son maquillage sur la table, et tout était en désordre à la suite de la dernière utilisation qu'il en avait faite.

Taylor jeta un coup d'œil autour de lui.

— Nous ferions mieux de déménager tout ça dans la salle de bains principale au cas où quelqu'un déciderait de nous rendre visite à l'improviste.

— Un très bon plan.

Il alla jusqu'au lavabo.

— Prêt ?

— Totalement.

Taylor s'assit sur la chaise de la coiffeuse et leva les yeux sur Ally, qui gloussa.

— C'est parti.

Il passa un bandeau autour de sa tête pour maintenir les cheveux roux en arrière, puis ouvrit l'armoire et en sortit un grand pot.

— C'est le type de démaquillant que les acteurs utilisent.

Pliant les doigts, il prit de la crème et commença à l'appliquer sur son visage avec un mouvement circulaire.

— Je n'ai pas beaucoup de barbe, mais je porte quand même une base assez lourde juste pour m'assurer que personne ne la remarque.

— Je n'ai certainement jamais deviné qu'il y avait le moindre poil là-dessous.

Les couleurs commencèrent à se mélanger en une seule : noir, beige, et le vert gris de l'ombre à paupières qu'il avait portée, plus le rose du rouge à lèvres, le tout transformé en une teinte que Taylor n'aurait pas voulu utiliser pour repeindre son appartement. Ally attrapa des mouchoirs dans la boîte posée sur la table et commença à frotter le surplus. Bien plus de maquillage que Taylor aurait pu imaginer sur ce visage fut enlevé, lingette après lingette. Derrière tout ça ? Eh bien, waouh. Juste waouh. Le visage d'Ally – peut-être qu'il devrait dire le visage d'Alessandro – brillait d'une symphonie de perfection architecturale. Sans couleurs pour distraire la personne qui le regardait, ses hautes pommettes se détachaient encore plus, et son menton en pointe charmait. Ses cils étaient si noirs et épais qu'ils fournissaient leur propre eye-liner, mais plus recourbés et exotiques, façon œil de biche que la version féminine. Par-dessus tout, le bleu brillant de ses yeux dominait son visage.

Avec un gant humide, il nettoya la dernière trace de crème de sa peau, qui brillait maintenant d'une blancheur cristalline qui faisait défaut au maquillage. Enfin, il rinça le gant, enleva le bandeau et secoua la tête ; puis, fixant ses pieds, il se tourna vers Taylor.

— Voilà. C'est moi.

— Comment peux-tu être aussi magnifique ?

Ally leva les yeux, étonné.

— Merci.

— Tu sembles surpris. Beaucoup de gens te l'ont certainement déjà dit.

Il haussa les épaules.

— Je suppose que oui, mais être gay n'est pas bien vu dans ma famille, et je n'ai jamais pu devenir assez viril pour mon père.

Taylor sourit doucement.

— Tu es aussi viril que ton mari veut que tu le sois.

Ally laissa échapper un petit cri. Une bataille se jouait sur son visage – le doute, peut-être, et la fierté, plus une sorte de réalisation.

— C'est vrai. Je n'ai pas à m'en faire pour mon père, n'est-ce pas ?

— En effet.

— Tu sais, ce n'est pas un homme si méchant sous l'aspect extérieur.

— Je vais te croire sur parole.

Il secoua la tête afin que la crinière rousse vole et se fixe autour de son visage.

— Un jour, tu verras leur vraie couleur.

— Je suis impatient.

Sa poitrine se souleva et retomba lorsqu'il expira brusquement, et puis il laissa tomber le peignoir sur le sol.

— Ally, le garçon.

Le cœur de Taylor monta un plan pour s'échapper de sa poitrine. Son souffle sortit précipitamment sur un long soupir. Le sexe d'Ally était à demi dur au milieu d'un corps élancé, mince et très masculin. De larges épaules, une poitrine légèrement musclée, des hanches étroites et de longues jambes joliment galbées – les mêmes que celles que Taylor avait admirées en talons pendant plusieurs jours.

— Eh bien, si quelqu'un observait vraiment, y compris moi, il serait impossible de penser que tu es une fille.

— C'est drôle, non ? Nous réagissons aux conventions sociales. Cheveux longs, maquillage, vêtements. Mais je suis heureux que personne à part Coco n'ait compris.

— Moi aussi.

Il fixa ce long corps mince et ce long sexe mince.

— Alors, à propos de cette courte période de récupération ?

Ally passa une main dans ses cheveux et la laissa tomber.

— Oh, oui. Je suis plus que prêt. Veux-tu que je le prouve ?

— On fait la course jusqu'à la chambre !

Il s'élança avec Ally sur ses talons, et ils atterrirent dans un méli-mélo de bras et de jambes au milieu du lit. Stony feula, agita sa queue, et sauta du lit, leur offrant son dos ébouriffé tandis que Taylor lubrifiait le cul d'Ally.

## *Chapitre Quinze*

**ALLY** sortit de la chambre, ajustant son chemisier rose qu'il avait rentré dans la ceinture du jean noir moulant qu'il avait choisi. Avec les talons et les boucles d'oreilles flashy, en plus de sa veste en cuir noir, ce serait une tenue idéale pour une recherche d'emploi.

Taylor, vêtu d'un costume et ne portant pas de cravate, leva les yeux tout en ayant son téléphone collé à l'oreille.

— Oui, chéri, ça a l'air super. Nous serons là. Bien sûr, personne ne peut savoir à propos d'Ally, d'accord ?

Il hocha la tête.

— Oui, tu es un modèle de discrétion. Je le dis tous les jours. À ce soir.

Il raccrocha le téléphone.

— Tu es sensationnel. Tu as un rendez-vous galant ?

— Oui. Avec Gretchen Smith.

— Quoi ?

— Oui. Quand elle m'a donné sa carte, elle a écrit dessus, demandant si je voulais un travail dans l'une de ses boutiques. Je l'ai appelée, et nous nous retrouvons aujourd'hui pour prendre un café.

Un petit pli se dessina entre les sourcils de Taylor.

— As-tu besoin d'un travail ? Et cela ne s'appelle-t-il pas pactiser avec l'ennemi ?

Ally traversa la pièce et se percha sur le coin du canapé.

— Oui, j'ai vraiment besoin d'un travail. Je ne cherche pas à me faire entretenir par un Daddy. J'aime bien Gretchen, et je pense que travailler pour elle serait le parfait écran de fumée. Se cacher en pleine vue.

Taylor haussa un sourcil.

— Tu marques un point. Mais l'argent que tu obtiens de moi, tu le gagnes et tu en gagneras le double le temps que ce procès de dupes soit fini.

— Hé, nous pourrions très bien ne pas avoir cet argent, dans ce cas je pourrais te soutenir financièrement, hum ? dit-il en riant. De qui venait ton appel ?

— Harry et Christopher veulent que nous venions au club ce soir.

— Oh, d'accord.

— Que penses-tu d'un dîner de jeunes mariés dans un endroit romantique et puis, nous nous rendrons là-bas pour voir les Reines ?

— Ça m'a l'air super. Au fait, j'ai tout déplacé dans ta chambre au cas où nous aurions une inspection surprise.

— Merci. Cela ne veut pas dire que tu doives dormir avec moi, tu sais ?

Ally le regarda à travers ses cils.

— Je n'avais pas l'intention de beaucoup dormir.

Taylor lui lança ce regard doux et sexy.

— La nuit dernière s'est ajoutée à l'une des meilleures choses de ma vie.

— Pour moi aussi.

Leurs yeux se verrouillèrent. *Ne t'attache pas, Ally. C'est juste une comédie. Trop tard. Merde.*

— Donc, je ne serai pas long. Je veux juste explorer ce qu'elle a en tête.

— Tu ne crois pas qu'elle va à la pêche pour son mari ?

— Le crois-tu ?

— Si c'est le cas, c'est une sacrée bonne actrice.

— C'est ce que je pense aussi. Mais si c'est ça, alors, quoi ? Je serai prudent. Ce devrait être plus dur pour Smith d'entreprendre quoi que ce soit contre toi si sa femme lui rapporte quelle charmante fille je suis, déclara-t-il en riant.

— Je serai rentré du bureau vers 17 h 15. Nous pouvons dîner de bonne heure, puis rendre visite aux garçons. Le portier sera ravi de te trouver un taxi.

— J'ai besoin d'apprendre à connaître la ville.

— Pas aujourd'hui.

Ally se rapprocha de Taylor sur le canapé et déposa un baiser sur sa bouche.

— Bonne journée au travail, chéri.

Taylor le retint et pressa un baiser profond et passionné sur ses lèvres.

Ally blottit son visage dans son cou.

— Mmm. Si ma queue n'était pas coincée au point qu'une érection soit si douloureuse, je te montrerais exactement combien ton retour à la maison sera chaleureux.

L'érection de Taylor poussa le devant de son pantalon de costume.

— Regarde ce que tu as fait.

Ally se leva et rit.

— Ne l'oublie pas.

Lui donnant une vision supplémentaire de son déhanché, il franchit la porte d'entrée.

Le portier lui trouva un taxi tout de suite. Après avoir donné l'adresse au chauffeur, Ally s'installa confortablement sur la banquette et regarda la vue de l'océan. San Francisco. Quelques centaines de kilomètres et plusieurs mondes loin des excès du désert du Nevada – et de son père. Seigneur, tout cela était si étrange. Des semaines à prétendre être femme de chambre s'étaient transformées en une vie à prétendre être une épouse. De quoi faire le film de la semaine, sans aucun doute. Mais la seule chose vraie dans tout cela s'avérait être Taylor. Quelque chose dans ce beau visage avait attiré Ally dès le départ – à l'instant où il l'avait vu par-dessus une pile de serviettes de toilette propres. Merde, il serait triste quand il devrait le quitter, mais il n'avait pas à penser à cela maintenant.

Après avoir roulé une quinzaine de minutes dans les collines escarpées, le taxi le déposa devant le café où il avait rendez-vous. Lorsqu'il entra, l'employé lui offrit un sourire qui aurait réchauffé un latte, et Gretchen lui fit signe depuis une table. *Okay, ma fille, montre-lui ce que tu as.*

Il se fraya un passage entre les tables.

Gretchen se leva et l'embrassa sur la joue.

— Chérie, tu es fabuleuse. Je me disais bien que cette robe conservatrice avait pour but d'impressionner la belle-famille.

Il s'assit, et elle reprit sa place en face de lui.

— C'est bien plus mon style personnel, oui.

— Excellent. Qu'aimerais-tu boire ?

Après lui avoir commandé un thé chaud avec de la vanille et un autre latte pour elle-même, elle devint sérieuse.

— As-tu déjà géré une boutique ?

— Non.

— Mince alors.

Il sourit.

— Mais j'ai géré un hôtel en tant qu'assistante.

— Tu te moques de moi, dit-elle, bouche bée.

— Pas du tout.

— Quel âge as-tu ?

— Vingt-deux ans.

— Quand as-tu eu le temps de faire ça ?

— Mon père travaille dans, euh, l'hôtellerie, alors j'ai appris très tôt. J'ai travaillé dans le milieu durant ma scolarité.

— Alors tu sais comment tenir des dossiers et gérer l'argent ?

— Oh oui.

— J'ai besoin d'une directrice pour l'une de mes boutiques, et je pense que tu me ferais de l'argent, chérie, déclara-t-elle en sirotant son latte.

— Cela m'intéresserait d'en discuter.

Elle l'observa avec des yeux plissés.

— Même si la femme d'un multimillionnaire n'a pas besoin d'argent.

— Que Dieu bénit l'enfant qui a le sien.

— Amen. Tu sais ce que mon mari essaye de faire pour Fitzgerald, n'est-ce pas ?

— Oui, malheureusement je le sais.

— As-tu épousé Taylor pour l'argent ?

— Chercherais-je du travail si c'était le cas ?

— Tu marques un point. Alors, vous êtes tombés amoureux à Las Vegas.

— Oui. Comme je l'ai dit au dîner, nous ne nous serions pas mariés si vite si Taylor n'avait pas découvert la volonté de son grand-père dans le testament. Sinon, j'aurais tout prévu en avance. Trouver un emploi avant de venir. Si Taylor obtient effectivement l'argent, une grosse partie va pour les enfants de toute façon, alors nous sommes juste un couple normal.

— Avec cinquante millions.

Ally sourit.

— Il y a ça.

— Tu veux venir voir la boutique ?

— Oh oui. Absolument.

Elle posa de l'argent sur la table.

— Viens, allons-y.

Il la suivit et il marcha trois pâtés de maisons dans ses hauts talons sur une pente inclinée jusqu'à ce qu'elle tende une main devant elle.

—La boutique est là-bas. C'est un bon emplacement, mais je pense qu'elle pourrait être mieux agencée. La fille qui la gérait jusqu'à maintenant ne comprend tout simplement pas tout ce truc de marketing.

À un demi-pâté de maisons de la boutique, le cœur d'Ally s'arrêta. Un homme costaud portant un costume insipide regardait par la fenêtre. Puis, il poussa la porte du magasin. *Non. Impossible.* Il regarda frénétiquement autour de lui.

— Gretchen, veux-tu m'excuser un instant ? J'ai besoin d'aller chercher quelque chose dans cette pharmacie. Est-ce que je peux te retrouver à la boutique dans quelques minutes ?

— Oh. Bien sûr. Pas de problème.

Ally lui fit un signe de la main et entra dans la pharmacie bondée. *Parfait*. Cela lui donnait une excuse pour s'attarder quelques minutes. Gretchen dépassa le magasin. Lorsqu'elle disparut de sa vue, Ally passa sa tête par la porte, puis sortit et alla se poster derrière un grand cyprès qui se trouvait à côté de l'entrée de la pharmacie, sur une parcelle de terre. Deux minutes, trois. Presque cinq minutes plus tard, l'homme ressortit, regarda de chaque côté du trottoir, puis s'en alla dans la direction opposée d'Ally.

Son cœur battait trop fort. Il courut dans le magasin, attrapa un paquet de tampons, paya, et se précipita dehors avec son sac en papier. La rue escarpée le fit légèrement vaciller, mais il entra dans la boutique, et Gretchen le salua.

Ally sourit.

— C'est un client inhabituel que j'ai vu sortir. Est-ce qu'il achetait quelque chose pour sa petite amie ?

Gretchen rigola.

— Il ressemblait comme deux gouttes d'eau à un personnage d'un film de gangsters, n'est-ce pas ? Il était perdu. Il demandait son chemin. Et il cherchait quelque chose pour sa petite amie, compléta-t-elle en riant.

Ally prit une profonde inspiration. *Ne sois pas nerveux, mec. Il y a beaucoup de gros durs dans le monde. Ils ne travaillent pas tous pour ton père.*


**ALLY** tenait fermement la main de Taylor alors qu'ils quittaient le restaurant et hélaient un taxi pour aller au club. S'y rendre en taxi semblait plus facile dans le brouillard que conduire soi-même, alors ils se blottirent sur le siège arrière. Ally soupira. Faire des câlins arrivait en tête de liste de ses choses préférées, et Taylor s'avérait maître en la matière. *Oh, comme je souhaiterais pouvoir le garder. Attends, est-ce que tu viens vraiment de souhaiter ça ?*

— Un penny pour tes pensées.

Ally déglutit.

— Je pense juste à mon rendez-vous avec Gretchen.

— Alors, tu as vraiment aimé sa boutique ?

— Oui. Elle doit en avoir cinq maintenant et elle prévoit de s'étendre plus au sud. Je pourrais l'aider, mais je ne sais pas.

— Quels sont tes doutes ?

Il n'allait pas mentionner le gros dur qu'il avait vu. *Ce devait être une coïncidence.*

— Juste la connexion avec toute cette histoire de testament, je suppose.

— Je pensais que tes arguments de ce matin étaient plutôt bons.

— Vrai.

— T'a-t-elle fait une offre ?

— Non. Elle a dit qu'elle me l'enverrait par écrit.

Taylor se pencha et l'embrassa sur la joue.

— C'est fantastique. Nous allons fêter ça.

— Peut-être que nous devrions attendre d'avoir vu l'offre, dit Ally en riant.

— Ou peut-être devrions-nous saisir toutes les opportunités pour boire du champagne.

— J'aime votre façon de penser, monsieur Fitzgerald.

Et c'était vrai. Il aimait la nature charitable de Taylor et sa gentillesse intrinsèque.

— J'en suis heureux, madame Fitzgerald.

*Waouh.* Ce nom lui donnait la chair de poule.

Le chauffeur s'arrêta devant le club, ou une file de gens – du gay le plus évident au touriste le plus évident – attendait d'entrer. Taylor paya le chauffeur et aida Ally à sortir. Le portier/videur les escorta jusqu'à l'intérieur sous un chœur de grognements murmurés de la part de clients impatients.

À l'intérieur, l'hôtesse – un magnifique black de plus de deux mètres habillé en drag-queen – étreignit Taylor et fut présentée à Ally sous le nom de Pierrette. Elle les guida à la même table réservée qu'ils avaient occupée la dernière fois. Seulement cette fois, ils étaient seuls.

Taylor commanda du champagne pendant qu'Ally regardait le public éclectique – tout le monde depuis les grand-mères du Midwest jusqu'au plus cool des hipsters, avec une forte concentration d'hommes gays absolument magnifiques et leur queen. Il était amusant que personne ne sache que Taylor avait sa propre queen. Ally frissonna. Du moins, il espérait que personne ne savait.

— Mes chéris.

Harry débarla de la porte latérale qui menait à la scène et se fraya un chemin jusqu'à leur table, se laissant tomber sur l'une des chaises supplémentaires.

— Sers-moi du champagne et assure-toi que mon verre ne soit jamais vide. Les reines sont plus stressantes que jamais ce soir.

Taylor rit et fit un signe de la main à la serveuse, puis pointa leurs verres avec un sourire. Elle se précipita avec une flûte supplémentaire de champagne et servit Harry. Taylor lui donna un pourboire et demanda :

— Qu'est-ce qui met leurs couronnes de travers ?

— Je crois que Violet a été accostée par un mec qui lui a donné du fil à retordre. C'est énervant de voir quelque chose comme ça arriver au Castro. Je veux dire, où croient-ils être ? Dans l'Ohio ? Seigneur.

Il but une longue gorgée de champagne comme si c'était de l'eau, puis embrassa Ally sur la main.

— Bonsoir, ma jolie.

Il lui fit un clin d'œil.

— Bonsoir à toi.

Harry était un très bel homme, mais cela lui faisait vraiment bizarre, après tous ces mois, de voir quelqu'un qui savait qu'il était un homme.

— Veux-tu quelque chose à manger ?

— Non, répondit-il en souriant. Taylor vient juste de me nourrir comme s'il s'attendait à ce qu'une famine se déclare bientôt.

Harry lui fit un grand sourire.

— C'est parce qu'il veut te garder pour lui seul, alors il essaie de t'engraisser et de te rendre heureuse.

Ally sourit à Taylor. *Ne serait-ce pas gentil, si c'était vrai ?*

Les projecteurs rideaux s'allumèrent, et la musique commença en fond sonore. Harry s'éventa avec sa main.

— Bien. Ça doit vouloir dire que Coco a les choses sous contrôle en coulisses.

Le spectacle commença avec la troupe des Reines dans leurs costumes minuscules et leur bas résille, chantant 'Let Me Entertain You'. Certaines étaient convaincantes en femme, tandis que d'autres renvoyaient leur masculinité comme un badge alors qu'elles se pavanaient avec leurs plumes. À la place de la femme serpent, Medusa, le spectacle de ce soir mettait en scène un danseur de ballet qui réussit à éblouir avec ses pointes alors qu'il ne portait pratiquement rien pour couvrir ses testicules.

En parlant de testicules, Ally changea de position. Il n'avait pas eu de rapport sexuel si génial depuis si longtemps – *parlons franchement : jamais* – que maintenant sa queue et ses bourses détestaient être écrasées. Elles aimaient Taylor et voulaient sortir pour jouer. Oooh, cette seule pensée lui donnait envie de se précipiter vers la porte et de rentrer à la maison.

La grande Coco fit ensuite son entrée. Waouh, c'était quelque chose. Ce soir, brillant en rouge, elle chanta 'Someone to Watch Over Me' de son soprano limpide, puis continua avec 'Bad Romance', qui mit le public debout, frappant des mains et tapant du pied. Quand elle termina, au lieu de quitter la scène, elle s'avança au milieu.

— Bonsoir, mes chéris. Je dois vous dire que notre chère Violet ne peut pas se produire ce soir. Elle n'est pas dans son assiette.

Un 'ohhhh' monta de la foule.

— Alors j'ai pensé que j'allais tenter ma chance et inviter une amie sur scène pour chanter spontanément. Maintenant, oui, cette 'une' revendique une certaine fierté envers ce pronom, mais je pense que vous serez ravis de l'entendre, quoi qu'il en soit. Voyons voir si nous pouvons persuader Ally Fitzgerald de me rejoindre sur scène.

*Une minute. Quoi ?* Ally regarda autour d'elle.

Taylor murmura :

— C'est toi. Tu veux le faire ? Allez.

— Non. Non. Je ne crois pas.

Ally aimait chanter, mais devant tant de gens ?

— Tu veux être musicien, n'est-ce pas ?

Taylor sourit, se leva et lui tendit sa main. Quand les gens virent où était assise la personne à laquelle Coco se référait, ils commencèrent à applaudir et se levèrent pour lui dégager un passage menant aux ailes afin qu'elle puisse monter les quelques marches jusqu'à la scène.

C'était étrange, mais Taylor semblait vouloir qu'il le fasse. *D'accord, profonde inspiration.* Il prit la main de Taylor et se leva, dévoilant la robe blanche moulante qu'il avait enfilée pour aller dîner et se rendre au club. Plusieurs personnes sifflèrent, ce qui, considérant l'environnement, devait parfaitement faire l'affaire. Ally se fraya un passage parmi les gens et monta les marches jusqu'à la scène. Qu'allait-il chanter ?

Coco le retrouva à l'avant-scène et l'entraîna avec lui, lui tenant les mains.

— N'est-elle pas belle ?

Les gens tapèrent du pied et applaudirent. Il devait l'admettre, cela boostait sa confiance.

— Je chanterai si tu chantes avec moi.

Coco inclina sa tête.

— D'accord. Je vais faire un essai. Que veux-tu chanter ?

— Te rappelles-tu cette vieille chanson appelée 'Sisters, Sisters' ?

— Oh oui, chérie. J'ai toujours voulu chanter ça.

Coco se tourna vers le pianiste.

— Tu te souviens ? Nous l'avons fait chanter aux filles une fois pour une fête.

La musique commença, et toutes deux se renvoyèrent les paroles alors qu'elles chantaient combien elles étaient dévouées, mais devaient toujours garder un œil sur l'autre. Tout le monde riait. Coco se prit au jeu, ce qui encouragea Ally tandis qu'elles chantaient dos à dos, s'envoyant des piques fraternelles par-dessus leurs épaules. Quand elles conclurent que rien ne pouvait se mettre entre elles, mais prévinrent l'autre de ne pas toucher à leur homme, le public se leva et les acclama.

— Encore ! Encore !

Coco recula.

— Le public est tout à toi, ma fille. Va les chercher.

L'adrénaline courait dans ses veines. *Je devrais penser plus clairement, mais diable, c'est amusant.* Ally regarda le pianiste.

— Pouvez-vous jouer 'One and Only' ?

Il hocha la tête, et ses doigts volaient sur les touches alors même que la mélodie s'infiltrait dans le sang d'Ally. Il se mit à chanter et regarda au-delà des lumières pour croiser les yeux de Taylor. La chanson avait raison. Il avait peur. Mais la vérité était qu'il *voulait* être important pour Taylor – plus qu'une mascarade ou le moyen d'atteindre un objectif. Taylor semblait bien l'aimer – quand il ne le traitait pas de menteur –, mais une fois qu'il aurait son argent, qui savait ce qu'il ferait ?

Les lèvres de Taylor s'entrouvrirent, et ses yeux brillèrent. Des larmes se pressèrent derrière les yeux d'Ally. *Et si je t'avais rencontré d'une autre façon ? Pas dans cette comédie insensée. Tiendrais-tu à moi ? Voudrais-tu que je sois ton seul et unique ?*

Les derniers mots de la chanson quittèrent la bouche d'Ally, et il sourit, même si une goutte d'eau salée glissa sur sa lèvre supérieure et toucha sa langue.

Aucun bruit. *Oh, mon Dieu, est-ce qu'ils ont détesté ?*

L'endroit se déchaîna – les gens frappant des pieds, applaudissant et hurlant. Waouh. Ally sourit et inclina le buste. Soudain, les Coquettes déboulèrent sur la scène en courant. Deux d'entre elles le prirent par la taille et l'attirèrent dans la troupe, dansant sur 'There's No Business Like Show Business'. Elles le firent tournoyer jusqu'à l'accès latéral de la scène et le laissèrent s'échapper pendant qu'elles continuaient leur chorégraphie. Ally saisit la rambarde et se stabilisa avant de manœuvrer dans l'escalier, puis de faire l'expérience des tapes amicales de la foule tandis qu'elle rejoignait sa table. Finalement, il s'affala dans la chaise.

— Bon Dieu, je ne suis pas en forme.

Harry éclata de rire.

— Ce n'est pas comme si quelqu'un allait le remarquer, chérie, dit-il en soulevant le double sens.

— Merci, mon bon monsieur.

Taylor glissa une main dans la sienne.

— C'était magnifique. Comme magnifique à s'arracher le cœur. Merci d'avoir chanté.

— C'était bien trop amusant.

Harry se pencha et battit des cils.

— Tu penses que tu aimerais recommencer, hmmmmm ?

— Peut-être. De temps en temps.

La voix de Coco lui parvint de derrière son épaule.

— Et pourquoi pas souvent, ma chère ? Nous adorerions te voir faire partie du spectacle.

Son cœur bondit – puis s'effondra.

— Waouh. Pouvoir chanter sur scène régulièrement serait un rêve pour moi, mais nous sommes tellement occupés à prouver notre histoire.

Il regarda autour de lui pour s'assurer que personne n'écoutait.

— Je ne suis pas sûr qu'il soit convenable pour madame Taylor Fitzgerald d'apparaître dans un spectacle de drag-queen.

Il baissa sa voix davantage.

— Et même si c'était tout à fait approprié.

Coco lui fit un clin d'œil.

— Je comprends, mais cette mascarade ne durera pas éternellement. Alors, j'aimerais sérieusement que tu y réfléchisses. D'accord ?

— L'avenir est un peu incertain, mais compte sur moi pour y penser. Merci de me vouloir.

— Tu plaisantes, chérie ? As-tu entendu cette foule ?

Il pressa une main contre ses faux seins.

— Je l'ai entendue, et c'était excitant.

Taylor serra doucement le genou d'Ally.

*D'accord, chanter était excitant, mais pas autant que ça.*

## *Chapitre Seize*

**TAYLOR** déverrouilla la porte et admira le postérieur d'Ally alors que celui-ci le dépassait pour rejoindre le salon, et se débarrassait de ses talons aiguilles en les envoyant voler si haut qu'ils allèrent s'écraser sur le tapis persan sous la table basse. Stony sauta de la chaise comme s'il avait été touché et courut dans la cuisine, puis sembla réaliser que c'était Ally et passa sa tête de derrière l'îlot central. Ally rit.

— Désolé, petit gars, je ne voulais pas te réveiller. Mais mmm… ces pieds me font mal.

Taylor rejoignit Ally.

— Veux-tu un massage de pieds ?

— Oh Bon Dieu, oui.

— Pourquoi ne te déshabillerais-tu pas avant de revenir t'asseoir sur le canapé, et je masserais tout ce qui se présente ?

— Double oui. Je suis impatient de sortir de ce truc gainant.

— Est-ce que je peux regarder ?

Ally le regarda à deux fois.

— Tu veux vraiment regarder le processus ? Ça va te faire grincer des dents.

— Je veux voir quand même.

— D'accord. Sois courageux. Viens.

Il attrapa ses hauts talons et les porta par-dessus son épaule.

Les testicules de Taylor gonflèrent et son membre se dressa à cette simple pensée. Suivant Ally, il dut s'empêcher de haleter. Stony courut en avant et arriva dans la chambre avant eux. Le temps qu'ils entrent, il était déjà sur son coussin, à observer.

Ally tendit un bras.

— Choisis ton point d'observation.

Taylor s'installa dans le fauteuil à côté du lit, et Ally alluma le plafonnier, ainsi que la lampe de chevet pour ajouter à l'effet des spots intégrés au-dessus d'eux. *Bien. Agréable et lumineux.* Ally s'approcha de lui et lui présenta son dos.

— Voudrais-tu m'aider et descendre la fermeture, s'il te plaît ?

Taylor déglutit et fit glisser la fermeture le long de la robe blanche, révélant un dos musclé. Ally s'éloigna de quelques pas et remit les chaussures. Il regarda par-dessus son épaule et battit des cils.

— Autant faire ça bien.

— Mais, tes pieds te font mal.

— Humm. Nous, les femmes, devons souffrir pour notre art.

Toujours retourné, Ally enroula ses bras autour de lui et fit signe à Taylor, puis attrapa la robe et la fit glisser de ses épaules. Les muscles et les tendons de son dos fléchirent.

*Waouh. Et un salto dans son pantalon !*

Un soutien-gorge apparut dans le dos d'Ally, et puis, tout aussi lentement, il poussa la robe un peu plus bas, et le haut d'une culotte apparut. Centimètre après centimètre, la robe passa sur le cul incomparable d'Ally. Taylor inspirait davantage avec chaque centimètre de chair dévoilée jusqu'à ce que sa poitrine ressemble à un ballon prêt à éclater.

Soudain, Ally lâcha la robe qui tomba autour de ses chevilles. Un pied à la fois, il s'en dégagea. Il jeta un coup d'œil par-dessus son épaule.

— Comment ça se passe jusqu'ici ?

— Prêt pour la crise cardiaque, mais à part ça, au poil.

— Oh très bien, content de l'entendre.

Avec un grand geste du bras dans l'air, il se tourna et fit face à Taylor, sa fausse poitrine formant un décolleté au-dessus de son soutien-gorge blanc en dentelle et de la culotte elle aussi en dentelle, encadrant ses hanches étroites et de très longues jambes. *Nom de Dieu.*

— Quand pouvons-nous baiser ?

— Maintenant, maintenant. C'est toi qui voulais regarder. Tu ne peux pas précipiter le spectacle.

Taylor gémit.

Ally s'esclaffa.

— La réponse est : très, très bientôt, bien sûr.

Il passa ses mains derrière lui et dégrafa le soutien-gorge qui tomba lâchement sur le devant. Il le fit glisser de ses épaules, révélant une cargaison d'adhésifs sur son torse qui semblait aider à créer le décolleté. Il balança le soutien-gorge et le jeta vers Taylor.

Juste autour de son cou.

— Très bon tir, commenta celui-ci en le prenant et en inspirant ce parfum de cannelle et d'orange typique d'Ally.

— D'accord, voici la partie douloureuse.

Il arracha l'adhésif d'un seul geste, des deux côtés de sa poitrine.

Taylor grinça des dents au son de la peau déchirée.

— Pas de soucis. J'ai la chance de ne pas avoir de poils sur la poitrine.

Il fit glisser ses deux mains sur son torse.

— Je suis maintenant à moitié garçon.

— Et quel garçon !

Ally sourit.

— La dernière étape.

Il coinça ses pouces dans la culotte et commença à baisser. De la peau douce et lisse tout du long jusqu'à son entrejambe, mais aucune partie féminine là non plus. Il lâcha la culotte qui tomba au sol, écarta ses jambes, et tira son pénis d'entre elles. En se tortillant légèrement, une jolie paire de testicules tomba en place de chaque côté. Instantanément, le pénis commença à gonfler.

Taylor le fixait.

— Tu avais ça entre tes jambes ?

— Oui, exactement comme lorsque tu étais gamin et prétendais être une fille, tu te souviens ?

Taylor acquiesça, mais son attention se divisa alors qu'il fixait le sexe d'Ally et son propre pénis palpitant.

— Où cachais-tu ces boules ?

— Dans le canal d'où elles viennent.

— Tu rigoles ?

— Pas du tout.

Taylor tressaillit, et son sexe se dégonfla juste assez pour réduire sa douleur.

— Je t'ai dit que c'était à faire grincer des dents. Lorsque j'ai essayé pour la première fois, c'était douloureux au bout de quelques heures, mais maintenant je suis assez habitué.

— Merde, regarde-toi.

Il était là, de longues jambes sur de hauts talons, des hanches étroites, de larges épaules, des cheveux flamboyants tombant dans son dos, et son pénis se dressant. Un fantasme brésilien.

— Veux-tu que je garde les talons pendant que tu me baises ?

— Oh Seigneur, oui.

Taylor se leva et marcha vers Ally. Il glissa une main dans ses cheveux et tira sa tête en arrière pendant qu'il léchait son long cou. Le membre d'Ally se heurta à l'érection qui étirait le pantalon de Taylor.

Le bruit de la sonnette de l'entrée déclencha un feulement de la part de Stony et un petit cri de la part d'Ally. Taylor se figea.

— L'enculé !

— Oui, mon cher, et c'est ce que nous n'allons pas faire.

— Merde, il est presque minuit.

— Et je soupçonne que c'est exactement le moment où ils espèrent nous surprendre à faire des choses qui prouvent que nous ne sommes pas un garçon et une fille heureusement mariés.

— Les enfoirés. Glisse-toi au lit, et je leur dirai que tu dors.

Taylor sortit de la chambre et ferma la porte. Son érection n'avait pas dégonflé, mais qui s'en souciait ? Il regarda à travers le judas et ouvrit la porte.

— Je vois. Une seule personne ne suffisait pas, ironisa-t-il.

Donald fit irruption dans le vestibule et entra dans le salon.

— Je t'ai dit que nous vous poserions des questions.

Taylor claqua la porte, la refermant pratiquement sur Izzy Smith – l'homme avait juste l'air embarrassé. Il rejoignit Donald.

— Tu penses vraiment qu'il est approprié de poser des questions à presque minuit ?

Donald se retourna.

— J'aurais été ici plus tôt, mais tu sembles penser qu'il est approprié pour ta soi-disant femme de chanter dans un club de drag-queen.

*Merde.* Taylor croisa les bras.

— Comme tu en es tout à fait conscient, les propriétaires de ce club sont des amis proches. Ils ont demandé à Ally de chanter de façon tout à fait imprévue.

— Oui, c'est ça.

— Si tu étais là – comme dans, en train de nous suivre – alors tu sais que c'est la vérité.

— Tout est justifié quand cinquante millions sont en jeu.

— En fait, j'en doute sérieusement. Peut-être devrais-je demander à mon avocat d'obtenir une ordonnance restrictive à ton encontre.

— Je suis ton avocat.

— Plus maintenant, connard. En fait, tu ne l'as jamais été.

— Alors, où est cette soi-disant femme ? En train de dormir dans son propre lit à l'endroit où elle vit vraiment ? Ou dans ta chambre d'amis ?

— Elle dort.

Une voix douce et soyeuse coupa l'air empli de testostérone.

— Non, je dormais, mais maintenant je suis tout ouïe.

La tête de Donald vola, Smith se retourna, et Taylor leva les yeux et sourit. Ally se tenait dans l'entrée du salon, dans son long peignoir en soie blanche. Quelque part, elle avait trouvé une paire de chaussons à talons, et ceux-ci lui donnaient quelques centimètres de plus que Donald. Ses cheveux tombaient sur ses épaules, et elle avait adouci son maquillage pour le rendre réel. Le contour des sous-vêtements indiquait qu'elle avait fait quelques retouches rapides. Une déesse. *Pas d'autres description.*

Elle entra dans la pièce de sa démarche lente et sensuelle et glissa un bras au creux de celui de Donald. Il la regarda comme s'il ne savait pas s'il devait courir en criant ou la baiser. Elle lui sourit.

— Venez avec moi.

Elle conduisit Donald jusqu'à la chambre principale, Taylor et Smith juste derrière eux. Elle pointa les draps en désordre et le coussin où Stony se trouvait maintenant, en train de les regarder avec une expression qui convenait à son nom. De façon impassible.

— C'est mon côté du lit. Si vous le touchez, vous remarquerez qu'il est encore chaud de la chaleur de mon corps.

Les mots qui sortaient de sa bouche n'étaient autres que ronronnés.

— Et, bien que Taylor l'ait acquis, c'est mon chat. Il va partout où je vais. S'il vous plaît, remarquez où il est installé.

Elle se pencha et gratta Stony sous le menton. Il étira son cou et ronronna.

— C'est un bon garçon. Bien sûr, si vous le caressez, il vous mordra sans doute. Stonewall n'aime pas beaucoup de gens.

Elle prit à nouveau son bras et le traîna à moitié vers la commode, où elle ouvrit le tiroir d'un mouvement sec.

— Là-dedans, vous trouverez mes vêtements.

Tirant son bras, elle marcha jusqu'à la salle de bains.

— Et là, vous trouverez mon bazar.

Elle se tourna, la reine justement offensée, et le ramena dans la chambre où elle marcha jusqu'à la table de chevet et prit une boîte de préservatifs.

— Et ceci représente ce que vous avez gâché avec votre arrivée intempestive et malvenue. Y a-t-il autre chose que vous désirez savoir, Donald ?

Il fixa les préservatifs.

— Et vous, monsieur Smith ?

Smith se racla la gorge et secoua la tête.

Donald étrécit les yeux.

— Oui, j'ai une question. Où est votre père ? Votre famille ?

Taylor surprit le léger agrandissement de ses yeux, mais il fut probablement le seul.

— Mon père et moi sommes des étrangers l'un pour l'autre. Je ne lui ai pas parlé depuis un certain temps. Je n'ai à l'évidence aucun soutien financier de ce côté, sinon je n'aurais pas travaillé comme femme de chambre, n'est-ce pas ?

— Je suppose qu'il y a de nombreuses portes ouvertes pour une femme avec vos talents.

Il regarda la boîte de préservatifs avec insistance.

— C'est précisément parce que j'ai refusé de franchir ces portes que j'étais femme de chambre. Il n'y a pas beaucoup d'emplois pour les chanteuses, vous l'avez peut-être entendu.

— Je ne sais pas. Vous les avez séduits ce soir.

Elle lui offrit un sourire, mais celui-ci fut à des millions de kilomètres d'atteindre ses yeux.

— Oui, en effet, n'est-ce pas ?

Donald lui arracha son bras et se dirigea vers la porte de la chambre.

— Vous êtes une sacrée actrice, Miss May, mais je vais prouver que c'est un mariage de convenance conçu pour revendiquer illégalement un héritage qui n'est pas légitimement le vôtre.

Ally planta ses deux mains sur ses hanches.

— C'est madame Fitzgerald, et ne vous avisez pas de l'oublier.

— Je vous veux tous les deux dans mon bureau après-demain à dix heures prêts à répondre en détail à chaque question que j'aurai, vous pouvez dire au revoir à votre précieux argent.

Taylor s'interposa.

— Sors de chez moi, Donald, avant que j'appelle la police.

Donald ricana et se dirigea vers la porte d'entrée avec Smith sur ses talons. Smith souriait à demi.

— C'est bon de vous revoir.

Ally se mit à rire, et Taylor se joignit à elle. Et, sur une vague d'hilarité, les connards quittèrent le bâtiment.

Quand il ferma la porte derrière eux, Taylor cessa de rire.

— Eh bien. Mon père a besoin de cet argent – peut-être désespérément. Et il ne va pas renoncer facilement.

Il regarda Ally et sourit.

— Mais toi ? Waouh ! Une déesse en furie jusqu'au bout des ongles. Merci.

Ally fronça les sourcils.

— C'est une chose de venir vérifier quelles dispositions nous avons prises pour dormir, mais s'il creuse un peu plus profondément, il est fort probable qu'il découvre un fil qui déroule entièrement la bobine de nos mensonges.

Malheureusement, Ally avait raison. Taylor haussa les épaules.

— Nous sommes allés trop loin pour reculer.

Avec son sourire le plus canaille, il enlaça ses doigts avec ceux d'Ally.

— En parlant de dispositions pour dormir, ai-je entendu quelque chose à propos de préservatifs ?


**ALLY** passa une main sur sa jupe droite et enfila la veste bleue à col montant dont il l'avait surmontée. Le bleu aurait eu l'air fantastique assorti à la vraie couleur de ses yeux. En l'état, la veste était quand même à la mode et avant-gardiste. Aujourd'hui pouvait être – ou non – son premier jour de travail dans un nouveau domaine. Pouvait, parce que Gretchen lui avait envoyé un e-mail lui offrant un poste en tant que directrice adjointe d'une boutique, sous son aile, jusqu'à ce qu'il apprenne les ficelles. Puis, il passerait directeur. C'était là qu'elles se retrouvaient. Mais – un gros, mais – le nom de famille de Gretchen s'avérait être Smith, et Ally avait presque renvoyé son mari de leur appartement en se moquant de lui. '*Leur*'. *Comme ça sonnait bien.*

Il se rendit à la boutique, vacillant sur le trottoir raide, ouvrit la porte, et passa sa tête à l'intérieur. Gretchen se tenait derrière le comptoir vers le fond du magasin. Ally lui offrit un visage souriant.

— Euh, m'attends-tu toujours pour travailler ce matin ?

— Pourquoi penserais-tu le contraire ? Entre, ma chère. Je suis très excitée de te voir.

Ally ferma la porte derrière lui, mais resta à côté.

— Je crains que Taylor et moi n'ayons pas été très gentils avec les avocats la nuit dernière.

Gretchen fit claquer sa main sur le comptoir.

— Oh, mon Dieu, j'ai entendu. Izzy m'a raconté combien tu avais été magnifique. Il a dit que tu avais traîné Donald dans ton appartement comme une poupée de chiffon. Quel culot cet homme ! Et j'ai adoré ton plat de résistance : les préservatifs. J'avais plus ou moins le même genre d'action en tête jusqu'à ce que cet idiot traîne Izzy hors de la maison pour le seconder dans son duel avec Taylor. Stupide.

Il n'y avait pas de questions à se poser sur ce qu'elle ressentait.

— Merci, Gretchen. J'apprécie vraiment ton soutien.

Elle repoussa ses cheveux blonds.

— J'ai toujours été bonne à juger de la qualité… concernant la marchandise et les gens.

— Pareil !

Gretchen fit le tour du comptoir et étreignit Ally avec force.

— Mettons-nous au travail pour t'apprendre les tenants et les aboutissants de la gestion d'une boutique. Tout d'abord, le système financier.

Trois heures plus tard, Ally s'écartait de l'ordinateur, bigleux, et le cerveau grillé. Mais ça rentrait. Il avait utilisé un logiciel financier très complexe quand il donnait un coup de main avec les hôtels. Il pouvait bien être un artiste chanteur, mais il avait toujours été bon avec les chiffres.

Le ding de la porte lui fit lever la tête. Une jolie jeune femme entra, portant une robe trop moulante qui exposait un tatouage sur sa poitrine. Gretchen et sa vendeuse s'étaient chargées du flot de clients toute la matinée, mais elles étaient occupées. Ally se leva de la niche qui servait de bureau au fond du magasin et s'approcha de la femme, qui fronçait les sourcils en regardant une robe imprimée. Ally sourit.

— Je ne veux pas m'immiscer, mais je ne suis pas sûre que cette robe soit le bon choix pour vous.

Elle inclina la tête, ses cheveux bruns ondulant sur ses épaules.

— Oh ?

— Oui, c'est un peu…

Il baissa la voix.

— … vieux pour une si belle jeune femme.

Elle rit, un éclat étonnamment rauque.

— Regardez qui parle. Vous êtes magnifique.

— Merci. Puis-je vous demander si vous avez un événement en tête pour cette robe ?

— Oui. Je dois aller à un mariage.

— Jour ou nuit ?

— Jour.

— Conservateur ou novateur ? demanda-t-il en souriant.

— Ennuyeux comme jamais. C'est la sœur de mon petit ami.

— Ah. Donc vous voulez avoir fière allure, mais toujours en étant… convenable.

Elle éclata franchement de rire.

— Cela pourrait être une première. Mais, oui. C'est tout à fait ça.

Il tira une robe fourreau de couleur prune avec un décolleté diagonal.

— Ceci flattera votre silhouette, fera ressortir de formidables boucles d'oreilles, et sera utile plus tard pour de nombreuses occasions.

— Génial. Est-ce que c'est ma taille ?

— Taille trente-huit ?

— Ça doit être moi, dit-elle en riant. Laissez-moi essayer.

Ally l'accompagna jusqu'au salon d'essayage.

— Vous êtes d'ici ? l'interrogea la jeune femme une fois dans la cabine.

— J'ai récemment déménagé ici.

— Ah oui, d'où ?

— Euh, de Las Vegas.

— Sans rire. C'est là-bas que je vis.

Ally déglutit.

— Vous êtes en visite ?

— Oui, pour ce foutu mariage.

La femme sortit de la cabine et elle était extrêmement attirante. Elle tourna sur elle-même.

— Vous aimez ?

— Vous êtes fantastique.

— Oui. Je pense que c'est parfait. J'apprécie vraiment, vous savez ? Alors, combien coûte-t-elle ?

Elle lut le prix sur l'étiquette et regarda Ally.

— Hé, celle-ci coûte moins cher que l'imprimée. Vous vous êtes privée de quelques centaines de dollars.

— Mais vous êtes superbe, pas vrai ?

— Absolument fantastique.

Elle leva la main, et Ally lui en tapa une. La jeune femme tourna le dos au miroir et regarda par-dessus son épaule.

— Regardez-moi ce cul. Laissez le soin à une fille de Vegas de savoir ce qui est bon.

Ally frissonna comme si quelqu'un avait marché sur sa tombe.

— Permettez-moi de vous encaisser.

## *Chapitre Dix-sept*

— **ALLY,** tu es faite pour ça. Tu ne seras pas adjointe très longtemps si tu continues comme ça.

Ally sourit et boutonna son haut col.

— Merci, Gretchen. Je me suis amusée.

— Je sais que tu ne peux pas venir demain à cause du rendez-vous de l'Inquisition, pas vrai ?

— Oui. Malheureusement.

— Pas de soucis. Donc, après-demain, nous passerons la gestion des stocks en revue. J'aimerais même aussi t'impliquer dans les achats – tu as un vrai coup d'œil. Cette fille de Las Vegas a dépensé une petite fortune. Et la robe lui allait bien.

— Merci. Elle semblait vraiment contente.

— Oui. Je me demande qui est son petit ami. Je n'arrête pas de penser à *Pretty Woman*.

— Plus à *Veuve, Mais Pas Trop*, si tu veux mon avis.

Elles rirent toutes les deux.

— Je te verrai jeudi, alors.

Elles s'étreignirent, et Ally sortit dans la lumière du jour qui s'estompait rapidement. Le brouillard s'enroulait sournoisement au sommet des bâtiments, cherchant une prise. Peut-être qu'il trouverait un taxi. Il fallait qu'il apprenne comment fonctionnait le système de transport public, mais il était une créature du désert et n'aimait pas beaucoup le brouillard. En plus, il voulait rentrer voir Taylor. Ils devaient s'entraîner, et ils devaient baiser.

Il sourit et marcha sur le trottoir, regardant en direction du flux de voitures. Quelques taxis étaient perdus au milieu du trafic intense, mais ils semblaient occupés. *Oh, en voilà un.* Il leva une main, et le taxi mit son clignotant pour changer de voie, s'approchant de lui. Une camionnette ralentit juste devant lui. *Merde.* Comment allait-il rejoindre le taxi ? Il se rapprocha de la camionnette.

La porte du véhicule s'ouvrit. *Eh bien, diable, ils s'arrêtent.*

— Taxi !

Il contourna la camionnette par l'arrière, faisant signe comme un fanatique au taxi.

Quelque chose heurta son dos. Durement. Il trébucha en avant, et deux mains fortes l'attrapèrent sous les bras tandis que plus de mains poussaient son cul vers l'intérieur de la camionnette. *Pas question.* Des vidéos qu'il avait vues disaient de ne jamais laisser un prédateur vous mettre dans une voiture parce que c'était la mort assurée.

— À l'aide ! Lâchez-moi. À l'aide, police ! Au feu ! À l'aide !

Il se débattit comme un beau diable, mais deux mains de plus s'ajoutèrent à la mêlée et le tirèrent à l'intérieur. Dégageant un bras, il parvint à le connecter au visage de quelqu'un.

— Aïe, merde. Attachez-le.

Ally se tortilla alors qu'un chiffon imbibé d'une odeur âcre couvrait son nez.


**TAYLOR** regarda son téléphone. *Vingt heures trente. Pas d'Ally et pas de message. Peut-être est-il allé dîner avec Gretchen.* Ally n'était pas habitué à rendre compte de ses déplacements à qui que ce soit, alors il n'avait probablement pas pensé à appeler ou à laisser un message. Bien sûr, ce n'était pas comme s'il devait répondre à Taylor. Ally n'était pas vraiment sa femme.

Il se jeta en arrière sur les coussins du canapé, alluma la télévision et s'obligea à la regarder. À vingt heures quarante-cinq, il aurait pu mordre dans les rideaux tant il était inquiet. Ally n'était peut-être pas sa femme, vraiment, mais un fait lui sauta au visage : Taylor voulait qu'il le soit. Enfin, son mari. Taylor Fitzgerald, l'homme des fellations presque anonymes, voulait un mari. Pas n'importe quel mari. Seulement Alessandro Macias.

À vingt et une heures, il abandonna et éteignit la télévision. Stony vint se blottir à côté de lui sur le canapé, et il caressa le chat tout en fixant le vide.

— Je sais. Je suis le deuxième choix.

Il se pencha en arrière, et Stony grimpa sur ses genoux.

— Et s'il est parti ? Et s'il avait décidé que toute cette connerie d'interrogatoire était juste trop effrayante – et peut-être trop publique ?

Il secoua la tête.

— Est-ce qu'il serait parti en laissant tout derrière lui ? Ça semble peu probable, tu ne crois pas ? Il aurait besoin de ses vêtements et de tout son bazar. Oh, mon Dieu, Stony, dis-moi qu'il n'est pas parti.

— Miaou.

— Merci.

Les minutes passèrent.

*Merde en boîte !* Il se leva du canapé d'un bond et alla jusqu'à la fenêtre. Où était-il ? Quelque chose lui était-il arrivé ? Il attrapa son téléphone sur la table basse et composa le numéro d'Ally. Une sonnerie. Deux. Trois.

— Bonjour, vous cherchez à joindre Ally.

*Merde !* Il raccrocha.

Ensuite, quoi d'autre ? Les hôpitaux ? La police ? *Respire. Sois intelligent.*

Il courut jusqu'à son bureau, prit la carte qu'Izzy Smith lui avait donnée, et composa le numéro.

— Allez, décroche.

Une voix masculine répondit.

— Izzy ? Est-ce que je peux parler à Gretchen ?

— Quoi ? Qui est… Taylor ?

— Oui. Je dois vraiment parler à Gretchen.

— Mais elle est… attends.

Il entendit une voix étouffée derrière Izzy.

— Salut, Taylor, c'est Gretchen. Que se passe-t-il ?

— Bonsoir. Désolé, peut-être rien, mais Ally n'est pas rentrée à la maison.

— Comment ? Mais elle a quitté la boutique à dix-sept heures.

Son estomac se retourna.

— Elle n'a rien dit comme peut-être le fait qu'elle allait dîner avec des amis ?

Seigneur, son cœur battait si fort qu'il pouvait à peine entendre.

— Connaît-elle quelqu'un à San Francisco ?

— Seulement quelques personnes que je connais.

— Tu veux les appeler ?

Il s'effondra sur les coussins du canapé.

— Non. Je suis certain qu'ils m'auraient appelé.

*Réfléchis, Taylor. Réfléchis !*

— Quelque chose d'inhabituel est-il arrivé ces derniers jours ?

— Que veux-tu dire ?

— Je ne sais pas. Rien qui t'a frappée ? Qui sortait de l'ordinaire ?

— Puis-je demander pourquoi ?

Il soupira.

— Ally s'est éloignée de, euh, son père, parce qu'il voulait la voir épouser son choix de, euh, époux.

— Tu veux dire au lieu de t'épouser, toi ?

— Il ne sait pas à propos de moi – vraisemblablement.

— Alors tu penses que ce type pourrait essayer de la forcer ?

— C'est possible. Il a un tas d'hommes de main, d'après ce que j'ai compris, et beaucoup de contacts à travers le pays.

Silence.

Gretchen s'éclaircit la gorge.

— Euh, Taylor, ne panique pas, mais…

— Merde ! Ne dis pas ça.

— Désolée. C'est juste qu'il y a quelques jours, quand j'ai rencontré Ally, cette armoire à glace est venue au magasin en disant qu'il cherchait quelque chose pour sa petite amie. Il a regardé les vêtements, mais semblait plus intéressé par les gens qui travaillaient pour moi. J'ai juste pensé qu'il cherchait à tromper sa petite amie. Et puis aujourd'hui, Ally s'est occupée de cette fille qui ne ressemble pas à notre clientèle habituelle. Elle était du genre un peu dure. Elle a posé beaucoup de questions sur Las Vegas à Ally. Quelques heures plus tard, au moment où Ally venait de partir, le même gars s'est pointé et il a jeté un œil dans la boutique. Il a dit qu'il cherchait sa petite amie et lui a demandé si la fille qui s'était occupée d'elle était là. Je me suis dit qu'il devait s'agir d'Ally, et je lui ai répondu : 'Non, elle vient de partir'. Il est ressorti comme si son pantalon était en feu et s'est mis à courir. Je me souviens avoir pensé que regarder une course de rhinocéros aurait ressemblé à la même chose.

— Oh, bon sang, Gretchen.

— Tu penses que le père l'a emmenée ?

— Ouais. Ouais, je le pense.

— Merde. Oh merde, pourquoi ai-je ouvert la bouche ?

— Tu ne savais pas.

Il laissa tomber sa tête dans sa main.

— Qu'est-ce que tu vas faire ?

Il releva la tête.

— Le fait est que nous sommes mariés, et je ne vais pas laisser ce type remettre ça en question. Je vais aller le trouver. Le père est une personne bien connue. Il ne peut pas se cacher.

Bien sûr, il pouvait cacher Ally dans les régions sauvages du Brésil. *Je m'en fous, j'irais là-bas. Je ferai tout ce qu'il faut.*

— Taylor ?

— Ouais ?

— Tu as besoin d'un avocat ? Parce qu'il s'avère que j'en connais un, dit-elle en riant.


**BEURK.** Sa bouche avait le goût de la limaille de fer, et il avait mal au crâne comme si sa tête était coincée dans un étau. *Mais où... ? Essaye un œil.* Il souleva une paupière. Il ne vit que du noir. Enfin, un léger gris. Une grosse bosse le bouscula contre un siège en vinyle. *Une voiture. Non, cette fourgonnette dans laquelle on m'a poussé.* Un sac sur la tête. Les bras liés. Depuis combien de temps était-il là-dedans ? Probablement un moment. *Pas mort. Pas violé. Pas battu. Merde. Mauvaises nouvelles.* Cela le fit presque rire, mais il se retint. *Ne leur fais pas savoir que tu es réveillé.* Il gémit et régula sa respiration.

Le manque de mauvais traitements signifiait définitivement que son père l'avait retrouvé. Que savait-il, d'ailleurs ? Savait-il qu'Ally s'était marié et s'en fichait ? Probablement. Au Brésil, il pouvait arranger un nouveau mariage pour Ally, et personne ne penserait jamais à vérifier aux États-Unis. *Oh, mais Taylor. Que pense-t-il ? Mon Dieu, probablement que je me suis dégonflé et que je me suis enfui. Oh non.* S'en soucierait-il ? Il se soucierait de l'argent, bien sûr, mais qu'Ally ait disparu, lui importerait-il ? *Et alors ? S'il pense que je suis parti, il ne me cherchera jamais. Pourquoi le ferait-il ?*

Toute cette aventure ne faisait qu'ajouter du piment au conte de fées. *Tu ne peux pas rencontrer un homme, faire semblant d'être quelqu'un d'autre, et le voir tomber amoureux de la personne que tu es vraiment.* Ça n'arrive que dans les histoires.

Les larmes lui montèrent aux yeux, et il referma ses paupières. Cette drogue qui avait servi à le mettre KO s'abattit sur lui comme un gros nuage noir. *Merde.* Quand vous n'aviez aucun espoir, vous pouviez aussi bien dormir.


**ALLY** s'assit et regarda par la fenêtre de sa chambre, dans la suite d'hôtel de son père à Las Vegas. Home 'suite' Home. L'hôtel Bahia. Au moins, ce n'était pas à Bahia, au Brésil, mais c'était temporaire. Le vingt-cinquième étage. Les fenêtres ne s'ouvraient pas, sinon il aurait considéré l'idée de sauter. Comment diable pouvait-il s'échapper ?

Depuis vingt-quatre heures qu'il était là, les gardes ne l'avaient pas laissé s'approcher de la porte d'entrée, encore moins la franchir. Pas d'appels téléphoniques, pas de visiteurs – non que quelqu'un ait essayé. Les seuls amis qui pouvaient s'en soucier ne connaissaient même pas son vrai nom. Il ne pouvait pas se permettre de penser à Taylor. Déjà, l'image de Taylor dans sa tête se couvrait d'une lueur sépia dorée, comme les images d'un vieux rêve, chéries, mais estompées. Dans deux semaines, ou plus tôt, il serait marié à quelqu'un d'autre – une femme qui ne méritait pas son sort. Alors, il pourrait chercher un moyen de disparaître pour de bon.

Incroyablement, son père ne savait rien de son mariage avec Taylor. Il semblait avoir trouvé Ally par hasard – un de ses employés qui connaissait Ally depuis des années l'avait vu dans une rue de San Francisco et avait pensé reconnaître sa voix même s'il avait été abasourdi de voir Ally habillée en femme. L'homme avait envoyé un de ses sbires pour suivre Ally et… fin de l'histoire.

Le type s'était fait réprimander pour la façon dont il avait traité Ally – mais cela ne changeait rien au fait qu'Ally s'était fait prendre. Pourtant, devrait-il dire à son père qu'il était marié ? Il n'y avait aucun avantage auquel il pouvait penser, puisque de toute façon il l'ignorerait.

— Ally, ton père te demande.

Hector, un de ses gardes, tenait la porte de sa chambre ouverte.

Il se leva et essuya ses mains sur les jambes de son pantalon. *Bizarre d'être à nouveau dans des vêtements d'homme.* Même ses cheveux étaient noirs. Son père avait insisté, et un styliste était venu et les avait teints, mais Ally l'avait supplié de les laisser longs. *J'aimerais que Taylor me voie comme ça. Mais il avait mon cœur, et c'est tout ce qui compte.* Il franchit la porte.

Dans le salon, son père était assis derrière l'un de ses nombreux bureaux. Celui-ci était petit et approprié pour des quartiers d'habitation, mais reflétait quand même la préoccupation principale de son père – les affaires. Bien que les gens disent qu'Ally avait principalement hérité des traits de sa mère, ressembler à Carlo Macias n'aurait pas été une mauvaise chose. Plus grand qu'Ally de quatre ou cinq centimètres, Carlo faisait toujours craquer les femmes avec ses cheveux noirs et ses yeux bleus, plus clairs que ceux d'Ally. Il leva la tête.

— Comment te sens-tu ?

— Assez bien.

— Je suis vraiment désolé, mon fils, qu'ils t'aient traité comme un criminel. Je sais que tu pensais jouer les rebelles, dit-il, ses lèvres s'incurvant en un sourire. Tu es plutôt intelligent et débrouillard, en fait.

— Ne me traite pas avec condescendance.

— Ce n'est pas le cas, Alessandro. Tu as toujours été le plus intelligent parmi nous.

Ally ravala un rire narquois.

— Nous partons dans deux heures. Es-tu prêt ?

Ally croisa les bras.

— Je ne serai jamais prêt, alors, pourquoi le demander ?

Son père se redressa et soupira.

— Je veux ce qui est le mieux pour toi.

— Ce serait génial si tu n'étais pas si certain de savoir ce qui est le mieux pour moi.

— Surveille ton langage.

— Monsieur, je suis adulte. Je parlerai comme je l'entends.

— Tu es mon fils. Tu fais ce que je te dis.

— Pas. Dans. Cette. Vie. Vous pouvez me tuer, monsieur, mais vous ne m'empêcherez pas de fuir. Vous baisserez votre garde un jour, et je serai parti. Alors, arrangez un mariage pour moi et cimentez vos putains de relations commerciales qui signifient plus pour vous que moi. Mais après ça, vous êtes tout seul. Vous pourrez expliquer à la pauvre femme pourquoi elle n'a pas de mari.

— Tu changeras.

— Aucune chance.

Le buzzer sur le bureau de son père se fit entendre. Une guerre qu'il avait vue tant de fois sur le visage de son père – mon fils ou mes affaires – se jouait sur ses traits, puis il tendit la main vers le téléphone.

Ally soupira, marcha jusqu'au bar, et se servit une boisson sans alcool.

— Qui ? dit son père. Que fait-il ici ? Comment ? Je m'apprête à partir.

Il y eut une pause.

— Je vois. D'accord. Envoyez-le… oh, 'les' ici.

Il raccrocha.

— Je dois prendre ce rendez-vous. Va dans ta chambre et attends mes instructions. Hector te dira quand je serai prêt à partir.

*Foutu connard.* Ally prit le couloir. Alors qu'il approchait de sa chambre, la voix de son père lui parvint du salon.

— J'attends un monsieur Fitzgerald et son avocat. Faites-les entrer s'il vous plaît.

Les genoux d'Ally cédèrent, et il tomba contre le mur. *Taylor ! Non, peut-être une coïncidence. C'est un nom assez commun.*

Hector se précipita vers lui.

— Ça va, Ally ?

— Oui. Je me suis juste senti faible.

*Réfléchis vite.*

L'homme qu'Ally avait connu presque toute sa vie s'agenouilla près de lui.

— C'est probablement cette merde qu'ils t'ont fait respirer à San Francisco. Il n'y a aucune excuse pour la façon dont ils t'ont traité. Tu veux que je t'apporte de l'eau ?

*Parfait.*

— Oui, ce serait super. Je vais juste me reposer ici une minute.

Tendant l'oreille, il entendit la porte s'ouvrir. Il inspira vivement et des larmes se mirent à couler sur son visage. Taylor. *Oh, mon Dieu, Taylor est venu pour moi. Il n'a jamais pensé que je l'abandonnerais. Il sait que je ne le ferais jamais.* Il se traîna de quelques mètres dans le couloir, plus près du séjour.

Hector s'agenouilla à ses côtés, lui tendant le verre.

— Ally, qu'est-ce qui ne va pas ?

Il secoua la tête.

— Je suis juste triste. Je ne veux pas m'en aller.

Hector plaça un bras de la taille de celui d'un gorille autour des épaules d'Ally.

— Je sais. Je pense que c'est une idée de merde, moi aussi.

Ally essaya d'entendre par-dessus la voix d'Hector. Taylor disait :

— Comme vous le savez, monsieur Macias, mon père s'intéresse à faire des affaires avec vous depuis un certain temps. Les enjeux environnementaux ont été le point critique, mais je pense maintenant que je peux le persuader de respecter toutes vos restrictions environnementales.

— Je suis extrêmement intéressé d'entendre cela, monsieur Fitzgerald.

*Peut-être qu'il est vraiment ici pour affaires ? Peut-être qu'il ne sait pas que je suis là. Il est passé à autre chose, il est retourné à sa vie quotidienne.* Les larmes continuaient de couler, et Hector le berçait comme un bébé. Les oreilles d'Ally vibraient presque.

— Il y a une condition sérieuse de la part des Fitzgerald, cependant.

— Ah, connaissant Laughton, je peux très bien l'imaginer, rigola son père.

— Non, vous ne pouvez probablement pas. La condition est que je récupère mon mari.

— Comment ?

*Oui !* Ally bondit des bras d'Hector et courut comme un cerf vers le séjour.

— Taylor !

Il entra en trombe dans la pièce, fit deux enjambées et atterrit sur les genoux de Taylor, avec ses bras autour de son cou.

— Tu es venu. Tu es venu. Merci. Merci. Je t'aime.

Taylor sourit.

— Vraiment ?

Oh waouh, qu'avait-il dit ? Son sourire ressemblait à un lever de soleil.

— Oui. Oui, je t'aime.

— Que diable se passe-t-il ici ?

Son père se tenait à quelques mètres de là, son beau visage ressemblant à un ciel d'orage menaçant. Près de Taylor, Izzy Smith semblait avoir été pris dans un jeu où il ne connaissait pas les règles, mais il garda le silence.

Taylor se leva tout en soulevant Ally, qu'il remit sur ses pieds sans toutefois le lâcher.

— Monsieur Macias, vous ne le savez pas, je suppose, mais je suis votre gendre. Ally et moi avons été mariés ici, à Las Vegas, il y a une semaine. Vous ne pouvez pas légalement enlever mon mari de ce pays sans sa permission. C'est un adulte et un citoyen américain, et vous n'avez aucun contrôle sur lui. Monsieur Smith a tous les papiers dont vous aurez besoin pour vérifier la légalité de notre mariage.

— Mais vous êtes un homme.

— Dites-le à la Cour suprême.

Ally regarda ce beau visage sérieux.

— Tu es sûr ? Tu n'auras pas ton argent.

Taylor sourit et ses fossettes ressortirent comme des cratères sur la lune.

— Je ne savais pas quand nous nous sommes mariés que le vrai cadeau, c'était toi, mon amour. Tu vaux bien plus que cinquante millions de dollars.

Le regard de son père passait de l'un à l'autre.

— Quels cinquante millions ?

Taylor rit et Ally se joignit à lui.

— C'est une longue histoire.

Smith les regarda avec des yeux écarquillés.

— Et je meurs d'envie de l'entendre.

Taylor tenait Ally à bout de bras.

— Regarde-toi. Tu es magnifique.

— Mes talons aiguilles ne te manquent pas ? demanda-t-il avec un grand sourire.

— Eh bien, peut-être un peu. Prends tes affaires et rentrons à la maison.

— Que je sois damné s'il s'en va, cria Macias.

Taylor le regarda.

— Désolé, monsieur. J'ai la loi de mon côté et beaucoup d'argent pour soutenir ma cause.

Ooh, quel mensonge, mais son père ne le savait pas.

— Vous n'avez plus aucun droit sur Ally.

Taylor hocha la tête en guise de salutation et fit un pas en direction de la chambre. Hector s'interposa devant lui, les bras croisés sur sa poitrine. Ally posa ses mains sur ses hanches.

— Hector, tu sais que toute cette idée de 'mariage avec une femme' est une connerie monumentale. C'est l'homme que j'aime, et tu ne m'empêcheras pas d'être avec lui.

Hector fronça les sourcils – une vision plutôt impressionnante. Puis il jeta un coup d'œil au père d'Ally.

— Non. Tu as raison, déclara-t-il avec une profonde inspiration. J'espère que tu n'es rien de moins qu'heureux, Ally.

— Ooh, merci.

Il étreignit le géant, puis recula.

Hector essuya ses yeux.

— Regarde un peu ce que tu me fais faire.

Ally courut dans sa chambre, prit les quelques vêtements de fille dans lesquels il était arrivé et les fourra dans le sac en papier dans lequel ses vêtements de garçon avaient été livrés. Lorsqu'il revint en hâte, son père et Taylor semblaient se jauger, mais il ne vit pas de sang.

— Je suis prêt.

Taylor se tourna vers le père d'Ally.

— Monsieur, je suis sérieux concernant le marché entre mon père et vous. Il écoutera la voix de la raison sur les questions environnementales. Nous ne sommes plus exactement en bons termes, mais je suggérerais que vous l'approchiez.

Il passa un bras autour d'Ally.

— Viens. Allons commencer une nouvelle vie.

Le cœur d'Ally tenait à peine dans sa poitrine.

## *Chapitre Dix-huit*

**TAYLOR** blottit Ally contre son cou et se laissa aller dans le siège de première classe. Ally soupira dans son sommeil. Taylor regarda Izzy.

— Désolé encore de ne pas vous l'avoir dit. Honnêtement, j'avais peur que vous ne veniez pas si vous aviez su la vérité, et je voulais vraiment un avocat avec moi. Je sais que j'ai poussé votre bienveillance à sa limite. Vous travaillez pour Laughton.

— Oui, eh bien, je suis marié à Gretchen, qui a fait clairement savoir que si je ne vous aidais pas, je pourrais me chercher une autre femme.

Taylor embrassa les cheveux d'Ally.

— Il inspire vraiment la dévotion, n'est-ce pas ? Comment pensez-vous que Gretchen le prendra en découvrant que son employée est un homme ?

— Je ne suis même pas sûr qu'elle sera surprise. Je ne sais pas.

— Au moins, vous n'avez pas à vous inquiéter de la colère de Laughton. Il obtient ce qu'il veut.

— Vous avez réellement pensé que vous pourriez l'emporter ?

— C'est une histoire compliquée, mais je ne savais pas qu'Ally était un homme avant d'arriver à San Francisco. Et à ce moment-là, c'était son idée d'essayer de continuer cette mascarade.

— Eh bien, il est convaincant. Je n'en avais pas la moindre idée.

Il but de son eau gazeuse.

— Je suis désolé que vous n'obteniez pas votre argent. Gretchen m'a parlé des centres pour enfants.

— Ouais, moi aussi.

Il serra Ally plus fort contre lui.

— Mais j'ai obtenu quelque chose d'encore mieux. Quelque chose que je n'avais jamais rêvé avoir dans ma vie.

Quand même, il avait demandé aux développeurs d'arrêter le travail, mais d'une manière ou d'une autre, il devait les payer. En plus, les enfants méritaient leurs centres. Il devait trouver une façon de lever des fonds.

Quelques minutes plus tard, il embrassa Ally pour la réveiller afin qu'ils puissent débarquer à San Francisco, mais cela ne dura pas longtemps. Dans la voiture d'Izzy, Ally se recroquevilla sur le siège arrière et dormit jusqu'à ce qu'Izzy s'arrête devant leur immeuble. Leur immeuble. Comme ça sonnait bien.

— Merci beaucoup de nous avoir déposés, Izzy, ainsi que pour votre aide précieuse.

Il sourit.

— Ne vous inquiétez pas. Je le facturerai à Laughton, puisque cela lui permet de récupérer son argent.

— Merde, ouais. Facturez-lui le double. Je ne peux pas dire que ça me rende heureux, mais Ally me rend heureux, alors l'échange me convient.

Taylor sortit de la Mercedes et ouvrit la porte arrière.

— Allez, Belle au bois dormant, dit-il en passant un bras sous les épaules d'Ally, et en le tirant doucement hors de la voiture.

— Hmmpf. Nous sommes à la maison ?

— Oui bébé. Allons te border pour une longue sieste d'hiver. Merci encore, Izzy.

Ally lui fit un signe de la main.

— Embrassez Gretchen pour moi.

Taylor hocha la tête.

— Merde, oui. Sans elle, Ally serait en route pour le Brésil.

— Vraiment ?

Les grands yeux bleus d'Ally – oui, bleus – s'élargirent.

— Je te raconterai.

Le téléphone de Taylor vibra dans sa poche. Il regarda l'écran.

— Merde. C'est Laughton.

Izzy acquiesça.

— Il veut sans doute fixer une date afin que vous signiez les papiers du testament.

Taylor soupira.

— Oui. Nous savions que cela ne lui prendrait pas longtemps. Je laisse la messagerie prendre le relais. Je ne veux pas lui parler maintenant.

— Il va m'appeler. Est-ce que demain vous convient ?

— Aucune date n'est bonne pour donner à mon connard de père l'argent de mon grand-père, mais je suppose que demain est un jour aussi bon qu'un autre.

— Je le lui dirai. À plus tard.

Izzy s'en alla.

Ally partit comme un lapin Energizer fraîchement rechargé, portant son sac de papier de vêtements. Le temps que Taylor arrive à la porte d'entrée de bâtiment, Ally était appuyé contre le mur et fixait ses pieds. Taylor l'observa en déverrouillant la porte.

— Je pensais que tu étais une belle femme, mais bon sang, tu redéfinis le mot magnifique pour un homme.

Ally se décolla du mur.

— Merci.

Qu'est-ce qui n'allait pas ? Taylor poussa la porte.

Ally courut à l'intérieur. Il était hors de vue quand Taylor se retourna après avoir fermé et verrouillé la porte d'entrée.

Courir après Ally fut momentanément suspendu à cause d'un chat royalement énervé, qui mena Taylor jusqu'à un bol vide, et fit cliqueter ses griffes sur le sol jusqu'à ce qu'il soit rempli. Stony le renifla, conclut à du poison, remua sa queue, et se dirigea d'une démarche chaloupée vers la chambre. Taylor fit claquer sa main sur le comptoir.

— Les félins !

Taylor suivit la queue bondissante, son membre se dressant déjà aux perspectives offertes par la chambre à coucher, mais il passa la porte et… waouh, changement d'humeur. Ally était assis au milieu du lit, en train de pleurer.

Taylor se précipita vers le lit.

— Ally, qu'y a-t-il ? Es-tu blessé ?

— Je... je...

Il sanglota un peu plus.

— S'il te plaît, mon cœur, dis-moi ce qui ne va pas.

— Je ne peux pas croire...

Il renifla.

— Je ne peux pas... j'ai ruiné tes chances d'obtenir l'argent.

La dernière partie sortit dans une plainte, et il pleura plus fort.

— J'ai tout gâché pour les enfaaaants.

Taylor l'étreignit avec plus de force, puis le tint par les épaules et regarda dans ses yeux bleus – enfin, pourpres, puisqu'ils étaient maintenant mêlés de rouge.

— Non, tu n'as rien gâché du tout. Mon père a fait ça. Mais tu sais quoi ?

*Sniff. Sniff.*

— Quoi ?

— Je lui suis reconnaissant, parce que s'il n'avait pas été un tel connard, je ne serais pas allé à Las Vegas, et je ne t'aurais pas rencontré. Pour ça, je peux tout lui pardonner.

Ally rampa sur le lit et attrapa un mouchoir dans la boîte sur la table de chevet. Il se moucha bruyamment, puis tourna la tête et regarda par-dessus son épaule.

— Taylor ?

— Oui, chéri ?

— Sommes-nous mariés ?

Taylor sourit.

— Bien sûr. Tu ne te rappelles pas cette interprétation émouvante de la marche nuptiale combinée avec l'ouverture de Guillaume Tell ?

— Non, je veux dire, sommes-nous *vraiment* mariés ?

Le sourire de Taylor s'estompa.

— Je le suis, Ally. J'y ai beaucoup pensé et j'ai réalisé que rien de mieux que toi ne m'était jamais arrivé. Je sais que je t'ai épousé pour avoir l'argent, et que tu m'as épousé pour échapper à ton père, mais est-il possible que l'univers ait tout arrangé pour nous mettre ensemble ?

Il ferma la bouche et attendit, le cœur battant.

Ally passa une main sur la fourrure de Stony.

— Je ne pense pas que je pourrais quitter mon chat un jour.

Le cerveau de Taylor gela sur place. *Qu'a-t-il dit ?*

— Est-ce que ça veut dire… que tu es marié avec moi ?

Ally l'épingla d'un regard direct.

— Oui. Je t'aime, Taylor. Je veux passer ma vie avec toi, si tu veux de moi.

— Putain de merde, oui.

Il sauta sur le lit et cloua Ally sur le matelas en riant comme un fou.

Les yeux couleur océan d'Ally pétillaient.

— Et en l'honneur de mon apparence de garçon…

Malgré l'avantage des vingt kilos de Taylor, Ally réussit, en se tortillant, à les retourner afin qu'il puisse baisser les yeux sur Taylor.

— … je pense que je devrais être au-dessus.

*Waouh*. Garde-à-vous instantané.

— Avec plaisir.

— Le premier qui se débarrasse de ses vêtements ! dit-il en jetant ses baskets à travers la pièce.

— Euh, je pensais que tu étais fatigué, enchaîna Taylor qui arracha sa cravate de son cou et se débarrassa de ses chaussures de ville avec ses pieds.

— C'était tout à l'heure. Je te dois une nuit de noces.

Son tee-shirt vint ensuite et atterrit sur la chaise.

— Mais il me semble me rappeler de quelques nuits plutôt sexy, mon amour.

Veste de costume et chemise s'empilèrent sur le tee-shirt.

Ally s'arrêta et sourit avec des yeux voilés de désir.

— Mais celles-là n'étaient que des coups d'un soir. Maintenant, nous sommes vraiment mariés.

Taylor lui rendit son sourire.

— Oui. Oui, nous le sommes.

— Le pantalon. Enlève-le !

Tous deux descendirent de leur côté du lit et arrachèrent jean et pantalon de costume, respectivement, les laissant traîner là où ils atterrirent. Les sous-vêtements vinrent ensuite. Ally décora Stony avec son caleçon bleu, et le chat ne protesta même pas. L'amour en action.

Taylor retourna rapidement sur le lit et s'y allongea. Puis il passa ses mains derrière ses genoux et remonta ses jambes de chaque côté de ses oreilles.

— Tu prends la chose très au sérieux, dis-moi.

Taylor releva la tête et jeta un coup d'œil entre ses propres jambes.

— Je suis un type du genre sérieux.

Ally pointa le membre long et mince pressé contre son abdomen.

— Oui, eh bien, il est sérieusement intéressé.

Marchant sur ses genoux avec l'allure d'un petit soldat, Ally attrapa les préservatifs et le lubrifiant sur la table de chevet, puis recula jusqu'à ce qu'il soit positionné devant l'entrée de Taylor.

— Hmmm, murmura Ally.

Taylor le regarda.

— Décide-toi, gamin, ou je vais devoir rejoindre l'équipe de gymnastique masculine des États-Unis.

— Oh, mon choix est fait.

Il se pencha en avant et appliqua une langue chaude et humide sur l'orifice impatient de Taylor.

— Oh mon Dieu. Oh mon Dieu.

Ally saisit ses fesses à deux mains et les écarta davantage que la position révélatrice le faisait déjà. Ce devait être une ouverture plissée dépourvue du moindre pli désormais. Ally laissa sa langue s'insinuer d'elle-même de quelques centimètres jusqu'à ce qu'il ait l'impression que chaque mouvement caresse pleinement les nerfs à l'intérieur de Taylor – juste à côté de son cœur.

Il savait que son cul devait ressembler à une pompe à huile, mais il ne pouvait s'en empêcher. Est-ce que ce truc avait toujours été aussi bon ? Les doigts qui tenaient ses fesses écartées glissèrent dans la fente, puis dans le canal, à côté de la langue fabuleusement dingue d'Ally. Il se sentait si plein. C'était si bon.

Ally recula.

— Nooooon.

— Ne t'inquiète pas.

Taylor jeta un coup d'œil à son propre cul. Avec dextérité, Ally enfila un préservatif, le lubrifia, et remplaça ses doigts par son sexe, et alors…

— Putain de merde !

Le membre fin d'Ally glissa directement sur la prostate de Taylor et déclencha un éclair de plaisir qui remonta sa colonne vertébrale comme une fusée.

— Waouh. Je n'imaginais pas…

— Quoi, amour ?

— À quel point cela pouvait faire du bien !

Ally se retira, puis s'enfonça à nouveau. Taylor ne pratiquait pas beaucoup cette position, mais la préparation avait fait son travail.

— Je t'aime, Ally.

Ally s'enfonça de tout son long en lui, et regarda Taylor droit dans les yeux.

— Je t'aime aussi.

Taylor rayonna, et une larme s'échappa du coin de son œil.

— T'entendre dire ça est meilleur que tout.

Avec le sexe d'Ally poussant l'amour de plus en plus loin dans son être, Taylor s'éleva au paradis.


**TAYLOR** ouvrit un œil et tendit la main vers Ally. Personne. Des draps froids. Il jeta un coup d'œil au réveil. Vingt-trois heures trente. Où était-il ? Même Stony avait disparu. Il se glissa hors du lit et alla jusqu'à la porte de la chambre dans l'obscurité. *Des voix. Non, une voix. La voix d'Ally.*

Quelques pas dans le couloir permirent à Taylor de distinguer les mots, mais il ne comprit pas la moitié d'entre eux – *ce doit être du portugais*. Ally pouvait-il être en train de parler à quelqu'un au Brésil ? À l'entendre, il n'était pas à l'aise dans cette langue, parce que tous les trois mots, il y en avait un qui sortait en anglais, mais l'impression qui s'en dégageait était claire : la confiance en soi teintée de colère, avec une dose de supplication.

*Ce ne sont pas tes affaires, Fitzgerald. Retourne te coucher.*

Quelques minutes plus tard, le matelas s'enfonça et les draps bougèrent. Stony marcha sur son corps et s'installa au-dessus de son oreiller. Dieu le préserve de déranger Ally ! Taylor chuchota :

— Tout va bien ?

— Très bien. Désolé de t'avoir réveillé.

— Je t'aime.

— Je t'aime aussi.

Taylor sourit. C'était toute l'information dont il avait besoin.


**TAYLOR** regarda défiler les étages dans l'ascenseur et essaya de sourire tandis qu'Ally ajustait sa cravate comme s'ils étaient un vieux couple marié. Taylor toucha ce beau visage, qui était maintenant remarquablement masculin.

— Tu ne m'as jamais parlé de ton appel téléphonique top secret hier soir.

Ally haussa un sourcil noir.

— Une fille doit avoir ses secrets, répondit-il en souriant. Toi, tu te concentres sur la tâche qui t'attend.

Taylor soupira. Peu importe combien il était heureux, donner l'argent à son père le rendait malade. Quand il aurait signé les papiers dans le bureau de Laughton, il lui remettrait sa démission. Ses premières recherches d'emploi avaient rencontré des réactions enthousiastes. Les gens savaient que Taylor était le cerveau marketing derrière le succès de Fitzgerald.

Ally leva les yeux vers lui.

— Es-tu triste de démissionner ?

Il haussa les épaules, puis hocha la tête.

— Oui. Bizarrement, je le suis.

— Tu as mis beaucoup de ton cœur dans cette compagnie. J'ai entendu mon père en parler. C'est ton nom qui se trouve sur ce bâtiment également, tu sais ?

— Je le suppose.

Les portes de l'ascenseur s'ouvrirent, et ils sortirent dans le grand vestibule de Fitzgerald Development Worldwide. Ally regarda autour de lui. Attendait-il quelqu'un ? Peut-être cherchait-il Izzy.

L'attirante réceptionniste d'âge moyen se trouvait derrière son bureau propre et minimaliste.

— Taylor. C'est merveilleux de te voir.

Ses yeux s'agrandirent quand ils se posèrent sur Ally – avec raison. Il portait un costume gris clair ajusté et une cravate bleue qui faisait ressortir ses yeux comme des éclats du Pacifique Sud. Il avait noué ses longs cheveux noirs en une tresse serrée, et de courtes boucles encadraient son visage, comme si même ses cheveux étaient si joueurs qu'ils ne pouvaient rester tranquilles. *Incroyable.*

— Bonjour, Maggie. Il nous attend. Oh, voici mon mari, Ally.

Elle porta une main à sa bouche, puis contourna le bureau avec précipitation.

— Oh, mon Dieu, n'êtes-vous pas magnifique. Je suis si heureuse de vous rencontrer.

Elle prit Ally dans ses bras, puis jeta un coup d'œil à Taylor.

— Où étiez-vous caché, Ally ?

— À Las Vegas. Je suis allé le chercher le week-end dernier.

— Alors tu cachais ce goût excellent pour les hommes tout ce temps.

Ally éclata de rire.

— J'ai dû l'attirer par la ruse avant de l'attraper, Maggie.

— Félicitations, à tous les deux, dit-elle en s'éventant. Maintenant, je ferais mieux de faire mon travail.

Elle retourna à son bureau pour prendre son téléphone et appuyer sur un bouton.

— Voulez-vous lui dire que Taylor et Ally sont ici, s'il vous plaît, Anne ?

Elle raccrocha.

— Votre père doit être si excité d'avoir un nouveau gendre.

Taylor se mordit la langue.

— Nous avons à peine eu le temps d'en parler.

Le téléphone sonna.

— Tu peux y aller, Taylor. Anne vous conduira jusqu'à lui.

Ally sourit.

— Je suis ravi de vous rencontrer, Maggie.

— Je suis sûre que je vais beaucoup vous voir.

Un éclair de tristesse traversa le visage d'Ally.

— Je l'espère.

Taylor prit la main d'Ally, et ils franchirent les portes vitrées pour entrer dans le sanctuaire professionnel du PDG. C'était amusant, mais il n'avait pas pensé comme cette entreprise les avait plutôt privés tous les deux de famille. Il serra la main d'Ally.

— Nous ferons notre propre famille.

— Oui. Oui nous le ferons.

La secrétaire de son père les retrouva à l'extérieur du bureau de son père.

— Bonjour, Taylor. Il est dans la petite salle de conférence.

Elle sourit à Ally.

— Vous devez être le nouveau membre de la famille. Je suis très heureuse de vous rencontrer.

— Ally, je te présente Anne.

Ally lui offrit ce sourire qui pétillait comme du champagne.

— Enchanté de vous rencontrer.

— Tu ferais mieux d'entrer.

Taylor conduisit Ally dans le couloir latéral. Ally jeta un coup d'œil derrière lui avec ce même regard d'espoir avant qu'il franchisse la porte vitrée de la salle de conférence. Seuls Laughton et Donald étaient présents. Où était Izzy ?

— Bonjour.

Son père regarda Ally de la tête aux pieds.

— Fils de pute. Izzy a dit que j'y croirais à peine. Vous nous avez joué une sacrée comédie, Alessandro.

Ally ne dit rien. Il jeta simplement un regard si chargé de dédain qu'il aurait pu faire tourner le déjeuner de l'homme.

Taylor jeta un coup d'œil à la porte.

— Où est Izzy ?

— En retard. Alors vous pensiez que vous pourriez vous en sortir avec cette mascarade et me voler mes cinquante millions ? Pas dans cette vie.

— Apparemment pas. Pouvons-nous en finir avec ceci ?

— Non. Ce foutu Izzy a les papiers. Asseyez-vous et prenez du café.

Ils prirent deux sièges en cuir en face de son père et Donald. Taylor leur versa à tous les deux une tasse de café de la carafe en argent posée au centre de la table, et ajouta de la crème à celui d'Ally qui se retournait une nouvelle fois pour jeter un coup d'œil à travers le mur vitré.

— Est-ce que tout va bien ?

Il opina et but une gorgée de son café.

La porte s'ouvrit à la volée, et Izzy fit irruption. Derrière lui, Charles, le majordome de Laughton, entra avec solennité. Que diable se passait-il ?

Laughton se pencha en avant dans sa chaise.

— Il était temps que vous arriviez, et pourquoi avez-vous amené Charles ?

Izzy tira une chaise pour le vieil homme puis s'assit à côté de lui, sortant des papiers de sa serviette.

— Charles m'a appelé et m'a demandé de pouvoir intervenir sur le sujet.

Les sourcils de Laughton se froncèrent au-dessus de ses yeux comme des chenilles géantes.

— Que peut-il bien avoir à nous dire sur la question ?

Izzy fit un signe de main vers Charles.

— Demandez-le-lui.

— Charles…

La voix de Laughton contenait un avertissement clair.

Charles s'assit plus droit.

— Comme certains d'entre vous le savent, j'étais présent lorsque le testament de monsieur Fitzgerald Senior fut dicté. J'ai entendu la stipulation concernant monsieur Taylor.

Taylor lui sourit.

— J'ignorais ça, Charles.

— Il n'y a jamais eu le besoin d'en discuter, monsieur, jusqu'à ce que je découvre que vous aviez l'impression que votre grand-père avait dit que vous deviez épouser une femme.

— Quoi ? Mais il l'a fait. Ou plutôt il a dit épouse, ce qui est habituellement interprété dans le sens de femme.

— Non, monsieur. Votre grand-père avait commencé à réaliser que vous étiez probablement homosexuel. Il craignait que votre père ne soit pas, dirons-nous, favorable envers votre orientation. La Californie venait juste d'autoriser le mariage gay. Bien sûr, plus tard, cela a été annulé et discuté et ainsi de suite, mais il est mort en croyant qu'il vous encourageait à un mariage homosexuel, pas hétérosexuel.

Taylor se laissa tomber dans le fond de sa chaise.

— Il le savait.

Le sourire rayonnait depuis son cœur.

— Il m'aimait.

— Il vous aimait beaucoup, Taylor. Il vous a laissé l'argent afin que vous en fassiez ce que vous voulez. Il serait très fier de votre bon travail.

Ally serra sa main.

— Si je peux mettre un terme à toute cette connerie sentimentale, le fait demeure que le testament dit ce qu'il dit. Il a dû changer d'avis, intervint Laughton avec un rictus de mépris.

Charles le regarda.

— Non, monsieur, ce n'est pas le cas. Il n'a jamais changé d'avis. Quelqu'un d'autre a changé le testament, ou plus probablement, a incorrectement enregistré ses instructions. Il a dit un mariage d'amour. Rien au sujet d'une femme. Quand il a signé le testament, j'ai dû lui tenir la main, comme vous vous en souvenez. Il n'a pas remarqué, euh, l'erreur. Il croyait que je l'avais lu, ce que, comme vous vous en souvenez également, je n'ai pas fait.

Il fronça les sourcils.

Cela équivalait à une accusation.

## *Chapitre Dix-neuf*

**TAYLOR** agrippa la main d'Ally et reçut une étreinte en retour.

Laughton pointa Charles du doigt.

— J'étais là aussi, Charles, et je sais ce qu'il a dit. 'Épouse' est le terme qu'il a employé. Peut-être que ce n'était pas ce qu'il voulait, mais il n'est pas là pour le clarifier, et Taylor n'a manifestement pas épousé une femme.

Il se tourna vers Izzy.

— Je ne sais pas ce que vous espériez accomplir en l'amenant ici, mais cela ne fait que ralentir les choses. Si vous ne voulez pas ce travail, Donald le fera.

Izzy fronça les sourcils.

— J'espérais établir la vérité.

Laughton aboya un rire.

— Quel est le vieil adage ? Vous ne pouvez pas regarder la vérité en face. Donnez-lui les papiers à signer, ou je le ferai.

La porte de la salle de conférence s'ouvrit.

— Monsieur, j'ai essayé de l'arrêter, cria Maggie.

Laughton bondit de sa chaise.

— Qu'est-ce que... oh mon Dieu.

Debout sur le seuil de la porte, flanqué de deux hommes aussi gros que des éléphants, se tenait Carlo Macias, le père d'Ally. Il hocha la tête.

— Laughton.

— Carlo, quelle surprise ! Euh, c'est un moment difficile. Peut-être pourrions-nous nous voir pour dîner ?

— Dîner ? Charmant. Nous pouvons tous aller célébrer l'union de nos deux familles et la grandeur des affaires que nous allons mener ensemble maintenant que votre fils est personnellement investi dans l'avenir de Macias Hospitality.

— Comment ? Je ne...

Ally s'appuya contre la table de conférence.

— Je ne crois pas que monsieur Fitzgerald sache que je suis votre fils, monsieur.

Macias fronça les sourcils.

— Vraiment ?

Il éclata de rire.

— Et moi qui pensais qu'il avait arrangé tout ça pour mettre la main sur mon affaire.

Le visage de Laughton était la définition même de la confusion. Et il n'était pas le seul.

— Alessandro est...

— Alessandro Macias, mon unique fils.

Il soupira.

— J'ai essayé de le marier à une femme qui possède de bonnes relations d'affaires pendant des années, et voilà qu'il s'enfuit et épouse un homme avec cinquante millions de dollars et destiné à hériter d'une grande société internationale. Très entreprenant de sa part, ne croyez-vous pas ?

Taylor dut fermer la bouche avec vigueur. Il jeta un coup d'œil à Ally, et le petit sourire qui jouait sur ses lèvres puait le coup monté.

Laughton regarda alternativement Taylor et Macias.

— Je suis plutôt… déconcerté. Hum, nous étions justement en train de discuter de l'héritage, puisqu'il y a un point qui remet en cause le droit de Taylor sur cet argent.

Il s'éclaircit la gorge.

— Je suis la personne suivante pouvant prétendre à l'héritage.

Macias marcha jusqu'à Laughton et lui tapa le dos.

— Laughton, vieille canaille, vous n'avez pas besoin de l'argent de votre fils. J'imagine que vous pourriez dire l'argent de *mon* fils. Signez toutes les déclarations qu'il faut, et vous et moi, avec nos fils, travaillerons à changer la nature du développement dans le monde. Croyez-moi, pour notre première affaire, vous récupérerez cette somme dérisoire et plus encore. Alors, finissez-en, et allons dîner et fêter ça.

L'avarice guerroyait sur le visage de Laughton. L'homme voulait l'argent. En avait besoin, peut-être. Mais il voulait Macias comme partenaire en affaires depuis bien plus longtemps.

Comment diable était-ce arrivé ? Qu'avait fait Ally ? Macias croisa les bras.

— Ou si vous préférez, je vais appeler mes avocats pour examiner le testament.

*Bingo !*

Le visage de Laughton vira au rouge.

— Bien sûr que non. Comme vous le dites, notre relation d'affaires est beaucoup plus importante. Je vais faire rédiger une renonciation à mes avocats, et l'héritage reviendra à Taylor et à Ally.

Il sourit à Ally, et son sourire atteignit presque ses yeux.

— Excellent. Je demanderai à mes avocats d'y jeter un coup d'œil au nom d'Ally. Je dois avouer que vous avez vraiment une loi charmante en ce qui concerne la communauté de biens en Californie.

Taylor regarda Ally qui semblait tout à fait prêt… à s'éclater un rein. Il voulait se rouler par terre et pleurer de rire. Les deux plus grands opposants à son mariage avec Ally se battaient comme des buffles pour savoir qui pourrait les aider le plus.

Macias sourit avec bienveillance.

— Où devrions-nous aller dîner ?

**LA** limousine s'arrêta devant chez Taylor. Ils avaient déposé Laughton et Donald devant l'immeuble Fitzgerald, et Charles et Izzy chez eux. Ally avait demandé à Izzy de dire à Gretchen qu'il serait au travail le lendemain.

Carlo Macias était appuyé contre la portière de la limousine et regardait Taylor du côté opposé.

— Il faut que je vous le demande. Vous vous êtes marié, je le comprends, pour sécuriser votre héritage et, bien sûr, Ally s'est marié pour m'échapper. Avez-vous l'intention de rester ensemble une fois que le testament sera garanti ?

Taylor regarda Ally.

— Nous ne pensions pas que nous obtiendrions l'argent. En fait, à cet instant, je ne suis toujours pas sûr que Laughton ne se débrouillera pas pour trouver un moyen de ne pas payer. Mais j'ai découvert aujourd'hui que mon grand-père m'aimait et voulait le meilleur pour moi.

Il sourit, et un rayonnement chaleureux se déploya dans son corps depuis son cœur.

— Je pense qu'Ally est le legs de mon grand-père.

Ally blottit sa tête dans le cou de Taylor.

— Le testament de ton grand-père n'a peut-être pas spécifié que tu aies une femme, mais il disait bien que ce devait être un mariage d'amour. C'est drôle comme nous pensions que nous mentions.

Taylor tenait sa main avec force.

Macias hocha la tête.

— Bien. Je préférerais que mon fils ne soit pas gay parce que, eh bien, c'est mieux pour les affaires. Mais nous sommes brésiliens. Nous sommes reconnus détendus à propos de tout type de relations. Je n'ai pas d'objection inhérente à votre mariage et je ne mentais pas au sujet de faire des affaires avec Fitzgerald Development. Mais je n'aime pas vraiment beaucoup ton père, Taylor.

Taylor ravala un rire narquois.

— Je suis désolé, monsieur, ce n'est pas un homme très sympathique.

— J'ai vu des changements dans ses affaires que j'approuve, et je me suis laissés dire qu'ils avaient été organisés par toi. Par conséquent, je vais exiger que tu sois ma principale liaison dans nos relations mutuelles.

Taylor jeta un coup d'œil à Ally, qui souriait.

— Eh bien, euh, j'avais l'intention de démissionner.

— Hors de question. Tu hériteras de cette entreprise et tu dois connaître tous ses tenants et ses aboutissants quand cela arrivera. Mais puisque tu auras le plus précieux des clients de cette compagnie, je suis sûr que tu trouveras que tu obtiendras plus de respect. Je demanderai des actions dans notre accord, donc tu auras mon appui au comité de direction. Nous réglerons les détails plus tard.

— Monsieur, puis-je vous demander comment vous saviez pour le rendez-vous d'aujourd'hui ?

Macias regarda Ally et haussa un sourcil.

— Mon fils m'a appelé et m'a informé qu'à moins de vouloir me retrouver sans enfant, je ferais mieux d'intervenir dans les affaires néfastes de ton père.

Il toucha le bras d'Ally.

— J'aime mes affaires, mais quand la course est finie, nous, les Brésiliens, nous soucions plus de la famille qu'autre chose. C'est la raison pour laquelle j'ai cherché à retrouver Ally avec tant de volonté.

Ce fut au tour d'Ally de hausser un sourcil.

Macias haussa les épaules.

— Oui, j'ai été trop zélé, je l'avoue. Mais mon père était un gangster. Il est difficile de changer, dit-il en riant.

Taylor passa une main dans les doux cheveux d'Ally.

— J'ai réalisé aujourd'hui, monsieur, combien cela affectait Ally de ne plus vous avoir dans sa vie. En ce qui me concerne, m'éloigner de Laughton est facile, mais le lien qui vous unit avec Ally est beaucoup plus fort.

— Oui, nous sommes du même sang. Mais je crains que tu ne quittes pas ton père non plus.

Il sourit, et son visage dur s'adoucit.

— Voici ce que je demande. Que vous vous remariiez à Las Vegas dans notre hôtel, où je peux inviter des centaines de personnes et présenter mon nouveau gendre. Ce sera merveilleux pour les affaires.

Taylor rit.

— Oui monsieur. Cela nous pouvons le faire.

Ally sourit aussi.

— Et j'inviterai tout le département du service d'étage et de la réception de l'Adelanta.

Macias secoua la tête et fit signe à son chauffeur. L'homme ouvrit la portière de la voiture.

— Excellent. Nous planifierons tout ça.

Ils sortirent de la limousine et saluèrent le père d'Ally quand la voiture s'en alla.

Ally se pressa contre Taylor dans l'air brumeux.

— J'espère que tu es prêt pour la chevauchée sauvage.

— Nous pouvons toujours fuir sur une île déserte.

— Nous pourrions avoir à le faire.

Une heure plus tard, ils étaient blottis sur le canapé avec Stony qui ronronnait joyeusement sur les genoux d'Ally, et deux flûtes de champagne qui pétillaient. Taylor souleva son verre.

— À nous.

— Toujours.

Le téléphone sonna.

— Dois-je le prendre ? dit Taylor en jetant un coup d'œil. C'est Harry.

— Oh oui. Coco et lui doivent entendre toute l'histoire.

— Hé, mon ami.

— Bonsoir, chéri. Vous nous manquez, ta femme et toi.

— Il s'est passé beaucoup de choses. Nous devons vous mettre au courant, mais je vais garder ça pour demain, si ça te va ?

— Bien sûr. C'est parfait parce que, vois-tu, Coco manigance un nouveau numéro.

— Oh. C'est toujours effrayant.

— Puisque Coco est un club de drag-queen…

Il marqua une pause significative.

— Oui ?

— Et que le chanteur le plus exquis en drag-queen que nous connaissons se trouve être…

Taylor rigola.

— Ally.

— Ah, oui, tu as pigé notre idée.

— Tu veux qu'Ally chante à nouveau chez Coco ?

— Régulièrement, en fait.

— En drag-queen.

— Mais, bien sûr.

— Il est juste ici. Laisse-moi lui demander.

Ally sourit comme si le soleil avait décidé de se lever à nouveau sur ses joues.

— Coco veut que je chante au club ?

Taylor hocha la tête.

Ally se pencha et l'embrassa doucement sur la bouche.

— Dis à Harry que je suis heureux d'accepter leur invitation. Après tout, il me semble que m'habiller en fille et chanter est une situation pour laquelle je suis taillé sur mesure.

# *Épilogue*

*Quatre mois plus tard*

**TAYLOR** serrait la main d'Ally et essayait de sourire à la journaliste. En fait, il voulait être à l'intérieur du centre pour jeunes, en train d'aider à tout mettre en place pour les enfants qui commenceraient à arriver en masse plus tard ce jour-là. La présentatrice tenait son microphone tandis que son caméraman reculait pour faire un plan d'ensemble.

— Monsieur Fitzgerald, monsieur Macias, ce doit être un jour très important pour vous deux. C'est vraiment un accomplissement mutuel.

Ally hocha la tête.

— Oui, Macias Hospitality Group est honoré et ravi de célébrer l'inauguration de son nouvel hôtel avec l'ouverture du premier centre de jeunesse de Las Vegas axé sur le bien-être des enfants LGBT dans cette communauté.

— C'est une passion depuis longtemps, je crois, monsieur Fitzgerald.

— C'est l'une des choses qui nous ont réunis Ally et moi.

— Mais je crois que c'est la première fois que Fitzgerald Development joue un rôle dans la construction.

Il ne put empêcher le sourire, mais il retint le rire.

— Oui, mon père était heureux de se joindre à celui d'Ally pour nous faire ce cadeau de mariage.

— Et quel mariage ce sera ? J'ai cru comprendre que le gouverneur sera présent.

Ally hocha la tête.

— Oui, nous sommes honorés.

— Plus de cinq cents invités.

— Nos pères ne pouvaient oublier un seul de leurs amis.

Ally serra la main de Taylor.

La journaliste pressa une main contre sa poitrine.

— Dites-nous ce que vous porterez.

Ally sourit à Taylor.

— Nous porterons tous les deux des smokings géniaux, avec des coupes légèrement différentes pour refléter nos styles personnels.

— Ne devriez-vous pas déjà être en train de planifier tout ça et vous faire beaux ? dit-elle en riant.

— Nous avons tout le temps.

— Y a-t-il jamais assez de temps ? gloussa-t-elle. Et qu'allez-vous porter de vieux ?

Taylor tira le petit chat rouge de sa poche.

— C'est le meilleur cadeau que j'aie jamais eu. Ally me l'a donné… quand il m'a pris mon chat.

— Oh, c'est beau. Et je suppose que vos smokings seront neufs. Et pour ce qui est d'être emprunté ?

Ally tira un médaillon de l'intérieur de sa chemise et le tint devant la journaliste.

— Mon père m'a prêté ceci. Il appartenait à ma mère, que j'ai à peine connue.

La femme essuya un œil.

— Je dois savoir. Et pour ce qui est bleu ?

Comme ils l'avaient prévu, ils tendirent tous les deux leur main gauche pour montrer les anneaux.

Taylor rit.

— Quand je les ai achetés, je ne me suis même pas rendu compte qu'ils étaient de la couleur exacte des yeux d'Ally.

Elle eut l'air surprise.

— Oh. Mais vous portez déjà vos bagues.

Taylor regarda Ally. Ce n'était pas un bon moment, devant les caméras, pour être tout ému… mais au diable. Il porta la main d'Ally à ses lèvres et regarda l'homme qu'un étrange conte de fées avait amené dans sa vie.

— Oui, voyez-vous, nous sommes un vieux couple marié.

# *Disponible de Dreamspinner Press*

⟨**○**⟩REAMSPUN DESIRES

#1

**Coup de foudre en haute couture** par M.J. O'Shea

Quand les lumières s'éteignent et que surgit la haute couture…

Sasha Sobieski a un job de rêve : il travaille dans la légendaire maison de couture américaine Harrison Kingsley. Malheureusement, le rêve vire au cauchemar lorsqu'il doit travailler pour le créateur en personne. Exigeant, froid et colérique, Harrison est également sans conteste l'homme le plus sexy que Sasha ait jamais vu.

Au sommet depuis des années, Harrison Kingsley sait ce qu'il veut, quand il le veut, et comment il le veut. Et que veut-il ? Son nouvel assistant. Impertinent et déterminé, Sasha lui fait perdre la tête. Le problème, c'est qu'Harrison ignore si c'est de rage ou… de désir.

#2

**Mariage à tout prix** par Shira Anthony

L'amour n'avait pas sa place dans leur mariage…

Lorsque Chris Valentine, jeune écrivain en galère, rencontre Jesse Donovan, il espère tout au plus décrocher un contrat pour son manuscrit, ou un rendez-vous galant… Il ne s'attendait certainement pas à une demande en mariage de la part du célibataire le plus convoité de New York !

Jesse est dans de beaux draps… Pour rester à la tête de son entreprise, il doit se marier. Il fait donc une proposition alléchante à Chris : si ce dernier accepte de vivre pendant un an dans un splendide manoir et de jouer les époux énamourés, il pourra disposer de tout le temps qu'il souhaite pour écrire et repartira en prime avec un million de dollars. Le défi semble facile à relever. Il suffit à Chris de vivre aux côtés de l'homme le plus séduisant et le plus charmant qu'il ait jamais rencontré, un homme qu'il a désiré dès la première seconde et qu'il n'aura jamais. À moins que…